新潮文庫

果心居士の幻術

司馬遼太郎著

新潮社版

2427

目次

果心居士の幻術

果心居士《かしんこじ》の幻術

忍者の名は、その身分や仕事のなりたちからして、容易にのちにまで残るものではない。ただ、数個の例外はある。戦国中期に飛び加藤《かとう》という者がいた。越後《えちご》の上杉謙《うえすぎけん》信《しん》に仕えようとして接近し、かえってその術技のすさまじさを忌《い》まれて、謙信へ謁見《えっけん》中、謀殺されようとした。

「しばらく。――」

と、加藤はあらためて謙信の座にむかって平伏し、「殺されてもよろしゅうござるが、最期《いまわ》の思い出に面白《おもしろ》い芸をお見せしたい」というなり、かたわらの酒器をとりあげ、しずかにそれを傾けた。

一同はその手もとを見た。酒がこぼれるかと思えば、ついに一滴もこぼれず、コトコトと音がして二十ばかりの人形が転がり落ち、またたくまにそれが一列にならび、手足を舞わせておどりはじめた。踊りの列がにぎやかに進んで謙信の膝《ひざ》もとまで達しようとしたころ、はじめて一座の意識が醒《さ》めて騒然となった。いつのまにか、加藤の姿が消えていたのである。

飛び加藤はその後甲斐《かい》へ行って武田信玄《たけだしんげん》につかえた。ほどなく信玄のために殺された。その術があまりにも幻怪だったために、信玄に、畏怖《いふ》をいだかせたのだろう。このような怪人をかかえていては、いつ寝首をかかれるかわからないからだ。

飛び加藤の名は、江戸初期にまで伝わって喧伝《けんでん》された。が、生国《しょうごく》も知れず、その本名も知れない。

戦国期を通じて、飛び加藤ほどの名を残したその社会の者は、あと一人しか居ない。ここでいう果心居士《かしんこじ》がそれである。果心居士の事績が、飛び加藤にくらべてややくわしく後世に伝えられている理由は、かれの出身が伊賀《いが》や甲賀の草ぶかい田舎ではなく、大和《やまと》興福寺の僧堂であったためだ。僧侶《そうりょ》は文字にあかるい。旧知だった僧が、のちにかれのうわさをきいて書きとめたものが、いくつか残っている。果心の事績に触れている江戸時代の随筆集「虚実雑談《ぞうだん》集」(寛延《かんえん》二年刊)も、おそらくそうした古い記録から引かれたものだろう。

果心居士が、最初に群衆のなかに姿をあらわすのは、天正《てんしょう》五年七月、大和葛城山《かつらぎやま》のふもと、当麻《たいま》村の、しかも田の中であった。

この日は、村じゅうが田植でにぎわっていた。

空はつきぬけるような青天だが、この里から東にかけてゆるやかに傾斜してゆく大和の野は、その野づらのきわみで、畝傍《うねび》、耳成《みみなし》、天香具山《あまのかぐやま》を霞《かすみ》のなかに消していた。

大和盆地特有の好天なのである。

田のなかには、五、六十人の若い女が白い笠《かさ》をかぶり、白い裳《すそ》ごろもをつけ、顔を紅《べに》や白粉《おしろい》で濃く化粧《けわい》して数列にならんでいた。

やがて、あぜにいる十数人の男が、腰鼓をうち、笛を吹き、にぎやかに田楽《でんがく》を奏舞しはじめた。そのおどけたリズムにあわせて、早《さ》乙女《おとめ》たちが手にもつ苗を植えてゆく。

「裏の口のくるま戸を」

と田楽の連中が唄《うた》いはじめると、早乙女たちがそれに和し、

「ほそめに明けて見たならば」

とうたうのだ。さらに、

「黄金《こがね》にましたる朝日さす」

「けさの朝日さも照るよげな朝日や」

「朝日射《さ》いては畝傍山かがやく」

はてしもなくつづいてゆくのである。

この山麓《さんろく》の里の領主を、竹内《たけのうち》平内次郎冬秀《ふゆひで》といった。筒井順慶《つついじゅんけい》の被官になっている。冬秀は順慶とともに信長《のぶなが》の石山本願寺攻めに参加して不在で、葛城山にある竹内城の留守は弟の三郎道秀があずかっていた。

道秀は田楽がすきだ。ここ十日ほどのあいだ、何度、道秀は昵近《じっきん》の家士をかえりみて、

「一日は当麻村の田楽じゃの」

といったか知れない。田楽は、この里にとっては目くらむばかりの楽しみなのである。むろんこの里ばかりではなく、田のない京の市中でも、町衆はおろか、公卿《くぎょう》や諸《しょ》大夫《だいぶ》までが巷《ちまた》を練って踊りあるくというほどの流行ぶりであった。

この当日、道秀は近習《きんじゅう》数人とともに山上の竹内城をくだり、馬を当麻寺の門前につないで、あぜに腰をおろして騒ぎの初めから見物していた。やがて田楽が半ばに達したころ、道秀は膝をたたいてわらいころげた。

「ほう、出た、出た」

近習の首が一せいにその方角をみた。

南のあぜのむこうから珍奇な男があらわれたのである。田楽の主役である田の神なのだ。破れ大笠をかぶり、紅緒《べにお》の高足駄《たかあしだ》をはき、顔に白い麻布を垂れ、古びた女の小《こ》袖《そで》を着て、しかも紐《ひも》をせず、前をはだけ、しかも下帯さえつけていない。

男女とも、その前をみてどっと囃《はや》した。おかしさに泥田《どろた》へころび寝る女さえいた。

「ほいや、ほいや」

がなお京摂一帯に根強いものがあるとみたからだ。信長はかれを部将のうちに加え、天正四年から開始した石山本願寺攻めに参加せしめた。攻城拠点のなかでも最も重要な天王寺砦《とりで》を守らしめたのは、この男の武勇を重くみていたからに相違ない。

その弾正久秀に謀叛のきざしがあると順慶はいう。

「まさか」

と信長はいった。

「法印は永禄二年の負け戦《いく》さを根にもっているのではあるまいな」

順慶は、大和で弾正久秀と戦い、父祖代々の居城筒井城を奪われたにがい経験がある。しかし順慶は、

「いや」とかぶりをふった。

「怨念《おんねん》の沙汰《さた》で申しあげておるのではござりませぬ」

「しかし解《げ》せぬことではないか。たかが草深い大和当麻村の地侍の弟が殺されたぐらいのことが、なぜ弾正の謀叛にまで話が飛ばねばならぬのか」

「あの殺されざまでござる」

順慶が言葉をとぎらせたのは、白昼にわかに首だけになった八人の男のぶきみな話を思いうかべたからである。さすがに剛愎《ごうふく》なこの男の唇《くちびる》がふるえていた。

「ただごとではござりませぬ。天魔のたぐいの仕業でないとすれば、さる者が幻戯《めくらまし》を用いてなしたことに相違ござらぬ。そのさる者、拙者に存念がござる」

「たれか」

「名を申しあげても、おそらくご存じはござりますまい」

順慶の筒井家は、遠い上古には河内国枚岡《かわちのくにひらおか》に鎮《しず》まる天児屋根命《あめのこやねのみこと》の社《やしろ》の神主であった。奈良に都が移されるとともにこの社は春日野《かすがの》に動座して春日神社となった。この家の祖もそれに従って大和国添下郡《そえしも》筒井村に住み、応永のころ、その四十三代目の順永という強力の者が奈良興福寺の衆徒（僧兵）になるにおよんで家はにわかに栄えた。もともとは僧兵団を指揮して大和に威をふるい、戦国の風雲に乗じてついに大名にのしあがった家だ。法印順慶は順永から五代目で、もとより半僧半士だから頭をまるめている。色が白く、まつ毛が濃く、武将にはめずらしく儒仏の教養があり、むしろ頭が怜悧《れいり》すぎるためにのちに大をなさなかった男である。

「さる者とはたれか」

信長はかさねて訊《き》いた。

「果心と申す者でござる」

「坊主《ぼうず》か」

――

「にはあらず、居士でござりまする」

「世に知れた男か」

「知れてはおりますまい。その男については拙者をのぞくほか、奈良興福寺の僧数人が存じておるのみでござりましょう」

順慶の言うところでは、かつて興福寺に一人の僧がいた。幼にして仏道に入ったが、眼窩《がんか》くぼみ、色が漆を刷《は》いたように黒く、倭人《わじん》とは思えないほどの奇相であった。

この男について、僧堂の仲間のうち説をなす者があり、あれは天竺《てんじく》(印度)人であろう、と噂《うわさ》した。

「ほう、果心は天竺人か」

と信長は話の先まわりをして言った。

「おいおい申しあげまする」

順慶は唇をなめた。

果心天竺人説には、もっともな点がある、と順慶はいう。

というのは、それより前、紀州熊野《くまの》に唐船が漂着し、乗っていた婆羅門《ばらもん》僧がそのまま上陸して興福寺へきたという事実があるのだ。名を、吠檀多《ベーダンタ》といった。

興福寺へ入った天竺人は、そこで受戒して仏法僧となり、べつに特記するほどのこともなく興福寺でひそやかな生涯《しようがい》を終えた。

寺では、義観という日本人僧の友人があり、この吠檀多の面倒をこまごまとみてやったらしい。

ところが吠檀多は死にのぞんで、義観に懺悔《ざんげ》し、意外にも女犯《によぼん》の罪をおかしたというのだ。相手は、東大寺に紙を入れる商人の娘で、せんという。子まで成したというのである。――天竺人の耳に義観は口をつけて、

「男か」

「男」

くるしげに言い、その子を僧とし、義観の弟子にしてやってほしいと頼んだ。――

と筒井順慶は言い、

「この話、うそかまことか知れませぬ。ただ、吠檀多という婆羅門僧のいたことはたしかでござる。その隠し子が果心であったかどうかはべつとして、この子、長じて天竺楽《がく》に興味をもち、それを学ぶうち、ある日にわかに変心し申した」

変心、という言葉を順慶が使ったのは、果心がその故郷の楽をまなぶにつれて、自分の血の中にあるなにかを呼び醒《さ》まされたという意味だった。

南都に伝わる雅楽は、すべて、百済《くだら》、高麗《こま》、新羅《しらぎ》、漢土から伝来されたもので、聖《しょう》武《む》天皇の天平《てんぴょう》八年、はじめて婆羅門僧正菩提仙那《ボダイセンナ》および林邑国《りんゆうこく》（インドシナ半島の東海岸にあった国）の僧仏哲《ぶってつ》という者がきて、西方の楽を伝えた。

果心が学んだのは、その婆羅門の楽である。日本に伝来されて以来、林邑楽と名づけられていた。曲目には、菩薩《ぼさつ》、迦陵頻《かりょうびん》、陵王《りょうおう》、抜頭《ばとう》、倍臚《ばいろ》、安摩《あんま》、胡飲酒《こいんしゅ》、万秋楽《ばんしゅうがく》の八つがあり、林邑八楽という。

果心はとくに胡飲酒がすきであった。その管絃《かんげん》のひびきを聴くうち、自分のなかの天竺人の血があやしくよみがえってきたらしく、江戸初期に興福寺の僧恵海が書きのこした「外道《げどう》逆風集」という書物に、

「果心、二十四、仏法ヲ廃シテヒソカニ外道ニツク」

とある。

外道とはこの場合、婆羅門教である。古代楽をきくうち、それを生んだ印度の古代宗教の世界に、いつのほどか果心はひき入れられていたのであろう。

「果心よ」

と、義観は果心が二十四歳のときに自室によんで、叱《しか》った。

「お前は、ちかごろ経堂にこもって婆羅門学をまなんでいるときくが、まことか」

然《しか》り、と平然と答え、胡飲酒のなかに古き婆羅門の呪法《じゆほう》がこめられているのを師は知れるか。——という意味のことをうそぶいた。むろん義観の知る所ではない。おそらくいかなる学僧も知らないだろう。果心は血の中にある勘でそれを知った。義観は気味わるく思い、

「昔から僧になすべからざることがある。婆羅門の外道をまなぶことがそれだ。外道をまなべば、堕地獄であるぞ」

「堕地獄でよい」

義観が一瞬青ざめたほど、この時から果心の態度がかわった。

義観は思わずかっとして傍《かたわ》らの経机を投げつけ、

「破門じゃ」

と叫んだ。果心はその声を待っていたかのように、

「おう、願うてもない」

右手をのばして宙で経机をつかみとると、そのまま義観の眼前で机をゆっくりとまわし、奇妙な呪《じゆ》を唱えはじめた。それが、果心が発見した「胡飲酒」の呪法であるという。義観は半ばまでもきかずに失神した。そのまま義観は三日のあいだ意識もなく

僧はくびをかしげ、この僧の疑問がそのまま興福寺の僧侶仲間のうわさとなってひろまった。

「つまり」

順慶は信長にむかっていった。

「あの果心は弾正の使われ者になっている、というわけでござるわ」

「わかった」

信長はさとい男だ。

「弾正の叛意はあきらかじゃ。法印、いそぎ帰陣して、まず竹内城の手当てをせよ」

といった。

弾正の居城は信貴山《しぎさん》にある。信貴山と竹内城のある葛城山とは相呼応する連山だから、信貴山に籠城《ろうじょう》しようとすれば、まず竹内城をおさえる必要があった。ところが織田の幕将である弾正のいまの立場では、同じ織田方の筒井家の傘下《さんか》に入っている竹内城に公然と兵をさしむけるわけにはいかない。

(だから、幻術の徒を用いてまず城下を惑乱させたのか)

信長は、腑《ふ》に落ちた。さとりはした。が、気づくのが一日遅かった。

というのは、信長と順慶が安土城で密談していたころ、竹内城でさらに異変がおこっていたのである。

舎弟の変死をきいて、急遽《きゅうきょ》摂津の陣から帰城した竹内平内冬秀は、その夜、百基のかがり火を用意し、城内くまなく配置して、終夜焚《た》かせた。

城といっても粗末な山城である。竹内街道という古街道を見おろして、山の斜面に鳥の巣のように掛っていた。配置された百基のかがり火は、石垣《いしがき》の下の街道を昼のように明るくした。

居館にはとのいを増し、冬秀自身も刀をひきつけ、具足を横において、腹巻を着用したまま、

「よいか、怠《おこた》るな」

とせかせかと下知し、

「見回りを密にせよ。鉄砲の火縄を絶やすな。かがりにはジン（松脂《まつやに》）を入れよ」

などとひっきりなしにしゃべっていた。おのれも終夜寝所に入らないつもりらしく、夜ふけてから酒を用意させ、小姓に背後から扇子を使わせて、

「こよいは妙に蒸せるわ」

と杯をふくみ、ひと口のんで息を入れたとたん、口からたらたらと血の糸をたらし

た。それがこの男の最期《さいご》であった。皮膚にみるみる紫の斑点《はんてん》が浮んで、家来たちが騒ぎだしたときは、すでにつめたくなっていた。

朝になって気づくと、城内のあちこちに毒をのまされた犬の死骸《しがい》がころがっており、忍者が侵入したことを歴然と物語っていた。

騒ぐうちに葛城の峰づたいに押し寄せた軍兵《ぐんぴょう》が追手《おうて》門《もん》の下でときの声をあげ、そのなかで大音の者が、

「よう料簡《りょうけん》せよ」

と叫んだ。

「弾正どのがこの城をご入用じゃ。降る者は降れ。遁《に》ぐる者は命をたすけるゆえ搦《から》め手より出よ」

大和の兵は、五畿内《ごきない》のなかでもとくによわい。この声をきくと、城内の者はわれさきにと逃げ散って、残った者はことごとく降伏した。

この日、天王寺砦《とりで》を捨てた松永弾正は、すでに信貴山城にこもって、反信長の旗をひるがえしていたのである。法印順慶の推察はみごとにあたったことになる。

その日から三カ月あまり経《た》ったある秋晴れの日、信貴山城の本丸への石段をゆっくりと踏みのぼってくる異相の人物がいた。果心居士であった。右に河内《かわち》平野がひらけている。左をみれば大和盆地を見すかしてはるかな吉野《よしの》の山なみまで遠霞《とおがすみ》のなかに見える。

ところが、大和と河内の天を画《かく》するこの山の麓《ふもと》には、信長の嫡子信忠《ちゃくしのぶただ》を主将とする織田方の軍兵で満ちていた。

城方の兵は二カ月にわたる籠城《ろうじょう》でようやく戦意を失いつつあった。支城のほとんどは、筒井、細川、明智《あけち》の軍勢の猛攻のために陥《お》ち、援軍の見込みはなく、孤城落日の感がふかい。

果心はもう五年もの間この城に棲《す》みついている。城内のどこに棲んでいるのか、城主の弾正でさえ知らなかった。もっとも果心のために弾正が屋敷の一つも与えているわけではない。

用があれば、果心は城内のどこからともなしに出てきて、弾正に面会した。たいていは深夜にきた。ときに未明の場合もあった。案内《あない》も乞《こ》わず、風のように弾正の寝所にあらわれるのである。いつの場合も、ふすまさえ開けない。弾正が枕《まくら》の上で目をあけると、そこに果心居士がいた。

弾正がこの男を知ったのは、天正元年の七月のある夜半であった。京の屋敷で茶道の是翁《ぜおう》という老人に茶をたてさせ、香炉を胸もとに抱いてさまざまなことを黙考していると、茶杓子《ちゃびしゃく》を釜《かま》へ挿《さ》し入れようとしていた是翁が、不意に顔をあげて声高《こわだか》に笑った。なにごとかと思って弾正が目をあげると、

「あっ」

と思わず脇差《わきざし》に手をかけた。茶杓子をもつ者の顔が、似てもつかぬ真っ黒な皮膚の男にかわっていたのだ。

「おのれは何者か」

「果心と申す居士《こじ》である。腑《ふ》に落ちねば狐狸権現《こりごんげん》の類《たぐ》いとでも思うがよい。弾正どのが好きでここへ罷《まか》りこした。刃物は無用ゆえ、その手をのけられよ」

「なんの用できた」

「見とうてきた。世に悪名の高い弾正少弼《だんじょうしょうひつ》どのとはどのような骨柄《こつがら》の男か」

「狼藉《ろうぜき》な」

刀を抜こうと思っても金縛りにあったように抜けず、叫ぼうにも声が出なかった。

「抜けまい。手を貸してつかわそう」

果心と名乗る男は、脇差のつかをにぎっている弾正の右手にひょいと手を触れると、

弾正の腰からほとばしるような勢いで刀が抜けた。

が、抜けた刀は、そのまま果心の手に渡したような結果になった。

「これはあずかっておこうわい」

弾正の顔を食い入るように見つめていたが、やがてふっと笑い、

「凶相じゃな」

といった。

「なにが」

「おのれのつらがよ」

と目をはなさない。

「なぜ来た」

「いまも申した。わしは悪人がすきでな。悪人の手伝いをしてみたいと思うてきた。なんぞ役にたつことはないか」

「おのれは何者じゃ」

「果心という」

「名はわかった。なんの取り柄《とえ》がある」

「まず、見やれ」

といって、果心は骨ばった長い中指をかざして、斫《き》るように窓の外をさした。つりこまれて、弾正は窓の外をみた。窓の外には、一人の小者《こもの》が、腰をまげて砂地にほうき目をつけていた。

「婆羅門《ばらもん》の一呪《じゅ》、能《よ》く人を殺す、というが」

あとは言わず、だまった。果心の顔から血の気がひき、呼吸さえしていなかった。死相のまま果心は四半刻《しはんとき》もそのまま端座していたが、やがて糸のような息を吐きはじめると、窓の外の小者の動きは緩慢になり、両腕を前に垂れた。首をのばし、背をまげ、しばらく佇立《ちょりつ》していたが、ほどなく、ポトリと箒《ほうき》をとり落した。

「死んだ」

果心がいった。

「しかし、まだ立っておる」

「いずれ斃《たお》れよう」

果心のいうとおり、死骸は棒倒しになり、おどろくほど大きな音をたてて砂地に倒れた。

「見たか」

「見た。するとおのれは、あのように自在に人を呪殺《じゅさつ》することができるのか」

「なかなか」

と果心はぐらかすように笑い、

「相手によるわ。あの小者は、わしが呪殺せずとも三日ののちに定命《じようみよう》はつきておる。ただそれを早めたにすぎぬ。生命の強靭《きようじん》なもの、勢いの熾《さか》んなるものには、この呪法は用をなさぬ。弾正」

「なんじゃ」

「申しておくが、右府《うふ》（信長）はあの小者のごとくには参らぬ」

「たれが、右府と申した」

と狼狽《ろうばい》をかくしきれずにいる弾正を、果心は声を出さずに笑い、

「そのしなびた顔にかいてあるわ」

といった。

果心との右の最初の対面を弾正はふしぎとここまでしか記憶していない。あとを思いだそうとしても思いだせないのは、そのあとすぐ弾正の意識が混濁してしまったせいかもしれない。果心は、いつとはなく茶室から姿を消してしまっていた。茶道の是翁が、武者隠しの戸袋の中で眠りこけているのを発見されたのは、それからずっとあとのことである。

その後、しばしば果心は弾正を訪れた。かと思うと、一年も姿を見せぬこともあった。そういうときは、弾正はほっと安堵《あんど》した。

むろん、この死神のような男を弾正は歓迎しているわけではなかった。弾正自身がよんだことは一度もなかった。むしろひどく怖《おそ》れていた。果心がその気にさえなれば、弾正の息の根を止めるぐらいはわけはなかったのである。

いつの場合も果心から来た。奇妙なことに、どこの空から弾正の心底を見つめているのか、弾正が人を殺そうと思いたったときにかぎって、この男はきた。あるとき弾正は、

「おのれなどに」

と、癇《かん》をつのらせて叫んだことがある。

「頼む用はないぞ。事をなそうとすれば、おれの采配《さいはい》で二万の兵が、いつなりとも腰をあげるわ」

「そうか」

そういうときは、果心は弾正が拍子ぬけするほど素直に帰って行った。

しかし、そんなときばかりではない。興福寺の僧の「外道逆風集」によると、三好氏の一族で厠《かわや》の中で死んだという義兼の場合も、病死したという義広の場合も、果心

が殺したと伝えている。おそらく弾正が果心を使ったことは一二にとどまらなかったであろう。

ただ、どうしたことか、果心はいつの場合にも謝礼を求めなかった。弾正が金銀をあたえようとすると、

「これはなにかな」

指ではじいた。

「わしは、弾正どのの凶相が好きでな。その凶相のなかで棲みついていたいだけのことじゃ」

これはかえって弾正に恐怖をあたえた。礼金を授受すれば他人にすぎなかろう。果心の要求するところは、弾正自身になりたいということなのである。もっとも、すでに果心は、弾正自身であったといえる。弾正の思うところは、果心自身が感じ、弾正がやりたいと思うことは果心自身が行《ぎょう》じている。これは、別々の人間の関係ではなかった。

「居士よ」

ある夜、弾正はたまりかねて訊《たず》ねた。

「金や扶持米《ふちまい》のためでないとすれば、なんのためにお前はおれの身辺に棲みつくの

か」

「棲みたいゆえな」

果心はいつものささやくような声でいう。耳が遠くなっている弾正は、いきおい果心のほうに耳を寄せなければならなかった。

「なんと？」

「それで解《げ》せぬというなら、死神とか貧乏神と思えばよい。当人が嫌《きろ》うても、あのものたちは当人の身辺に棲む」

「本意はそれだけか」

かさねて訊《き》いたが、果心はそれっきり口をつぐんで、どういう言葉も吐かなかった。

果心が、信貴山城の城内にすみついたのはここ五年ばかり前である。どこで雨露を凌《しの》いでいるのかはわからなかった。どうして食っているのかもわからない。ただひとこと、弾正に、

「城を借りるぞ」

とことわっただけだ。

むろん、果心が信貴山城に居ることを知っているのは弾正だけで、城兵のたれもが、果心の姿を見た者もいなかった。

果心は、やや足萎《あしな》えたような歩きかたで、本丸への石段をゆっくりとのぼってゆく。この稿の数ページ前でのべたごとく、天正五年十月九日の午後で、秋も暮とはいえ、夏のように陽《ひ》ざしのつよい日だった。

途中、行きかう城兵と幾度もすれちがったし、城門をいくつかくぐった。ところが、この乞食《こじき》のような風体の男を、たれもとがめだてする者もなかった。城内で祈禱《きとう》する修験者《しゅげんじゃ》の一人かと見たのか、咎《とが》めだてするほどの気力も城兵は喪《うしな》っていたのか。それとも、果心の姿が目にうつらなかったのかもしれない。

本丸の西側が、庭園になっている。果心は白砂に影を落していそいそと歩き、やがて頃《ころ》あいの石を見つけて腰をおろすと、

「これ。――」

と杖《つえ》をあげた。通りかかる城兵のうち、身分ありげな者をよびとめたのである。

「弾正どのをここへ案内《あない》せよ」

「え?」

武士は耳をうたがい、やがて、これは狂人かと思った。

「果心がきていると申せ。早う。刻《とき》が移る」

多少の悶着《もんちゃく》はあったが、武士は果心の異様なたたずまいに気押《けお》されたのか、結局は

弾正の近習にまで取りついだ。

「果心が。……」

その名をきくと、弾正少弼の面上からいつもの剛愎《ごうふく》な張りが消えて、すでに腰が浮きあがっていた。そのくせ、にがいものを噛《の》みくだしたような不快な面持《おももち》になっているのを、家臣たちは、ふしぎなものを見るような目でみた。

弾正は小走りに庭へ出た。

そこに、陽射《ひざ》しをうけて光る白い石の群れがあった。

（どこじゃ）

果心の姿がみえない。

きょときょとと探していると、不意に目の前の石が動いて、

「ここじゃ」

と笑った。果心が、のびやかに石にもたれ、あごを空にむけて寝そべっている。

「なに用じゃ」

「別れにきた。ながいつきあいであったが、梵《ぼん》の命ずる運命《さだめ》は詮《せん》もない」

「ほう、どこぞへ行くのか」

弾正はほっとした。京の婦女子の好きなお伽草子《とぎぞうし》にそのようなことが書かれていた。

疫病神《やくびょうがみ》の去るときは、かならずあいさつに来るものだと。——弾正は自分でもたまげるほどの明るい声を出して、

「いずれへ行く」

「行くのは、おぬしじゃよ」

弾正が死んだのは、その日の翌日である。

死に至るまでに多少のいきさつがあった。城は、貯蔵されている糧食、硝薬《しょうやく》の量からみてまだ一月は持ちこたえられるはずであったが、弾正の策に齟齬《そご》があった。三日ばかり前に一人の家士をよび、

「石山の本願寺へ使いせよ」

と命じた。法主顕如《けんにょ》に手紙をもたせて援兵を乞《こ》おうとしたのである。が、弾正の不運はこの家士の閲歴にあった。かれは筒井家の譜代相伝の侍で、かつて順慶が一時所領《しょう》をうしなったとき、主家を出て弾正に仕えた男なのである。人を信じないことで生涯《がい》を送ってきた弾正は、最後になって小児のような無邪気さで人を信じた。男は信貴山を降りると石山へはゆかず、順慶の陣へ行ってその旨《むね》を明かした。

「弾正、もうろくしたな」

おりから干し豆を噛《か》んでいた順慶は、あやうく豆が気管に入るほど笑ったという。

順慶は早速二千の精兵をととのえ、本願寺兵に仕立てて城内に送りこんだのが、果心が別れを告げにきた翌夜半であった。未明とともにその兵が城内で蜂起《ほうき》し、同時に織田方は総攻撃を開始した。数刻で城はおちた。弾正は秘蔵の平蜘蛛《ひらぐも》の茶釜《ちやがま》を微塵《みじん》にくだき、わが手で命を絶った。――むろん果心といえども、弾正のこんな最期まで予見していたわけではなかろう。会いにきたのは、この男なりの予感があったからにすぎまい。

弾正が死んだのち、信長の命で、大和における弾正の所領一切は順慶に付せられた。興福寺衆徒の棟梁《とうりよう》であった陽舜坊《ようしゆんぼう》順慶が二十万石の大名になったのはこのときである。

順慶は果心居士のことをわすれるともなく年をすごした。

天正九年、信長がその子信雄《のぶかつ》に一万の軍をあたえて伊賀掃滅の命をくだしたとき、順慶も、丹羽長秀《にわながひで》、滝川一益《たきがわかずます》、浅野長政《あさのながまさ》らの諸将とともに攻略に参加した。

信長一代の合戦《かつせん》のうち、この戦いほど奇妙なものはなかった。永禄《えいろく》十二年、伊勢伊賀を攻略するために国司北畠具教《きたばたけとものり》を討ったときから数えると十年という長期戦になっている。その間、五年で伊勢は平定した。さらに伊賀盆地を手中におさめるため神戸《かんべ》に丸山城を築き、滝川勝雄《まさかつ》を城将に置いて数えても、満五年はなす所がなくすぎた。しかもその城も、築城ほどもない天正七年七月、敵の夜襲に遭って早くも城は陥落し、城将滝川は武器糧秣《りようまつ》をおきざりにして敗走したのだ。

織田軍は大軍を駐留させながらひとたびも勝ったことがなかったのは、相手の伊賀軍に主将というものがいなかったからである。

伊賀は戦国期を通じて永く国司がいなかった。一国は村々の国侍の合議でおさめ、しかも国侍は、それぞれに忍者を飼い、それを諸国に供給しては自家の経営をたてていた。

かれらは大会戦を避け、夜陰、影のごとく小人数で跳梁《ちようりよう》し、陣を焼き、部将を暗殺し、流言をながし、糧秣をうばった。織田軍は華やかな決戦をするいとまなく、まるで虫に食われる稲のごとく立ち枯れてゆく。

信長はこの陰湿な伊賀者の戦いを憎悪《ぞうお》し、ついに天正九年三月、大軍を催して、「かの国に生けるもの、百姓はおろか走獣といえども生かすべからず」との命をくだした。順慶が参加したのは、この合戦である。

さすがに伊賀者もこの鏖殺令《おうさつれい》にはかなわず、柏原《かしわばら》という地の砦《とりで》に上忍《じようにん》四百三十八人、下忍《げにん》千二百人がこもって最後の抗戦をした。

そのとき、筒井順慶の兵が、自陣の付近の川のふちで寝そべっている一人の僧形《そうぎょう》の男を見つけた。

「おのれは何者じゃ」

「お前のあくとうじゃよ」

あくとうとは、敵のことだ。取り巻いて打ち殺そうとしたが、果心は、「待て」と枯れ枝のような手をあげ、

「陽舜坊（順慶）に言うことがある。おなじ興福寺の仏飯《ぶっぱん》を食うた果心が来たと告げよ」

筒井の兵は、果心を隙間《すきま》もなくしばりあげて、箸尾《はしお》五郎光秀というかれらの属長の幕営に引きたてた。

順慶は、箸尾五郎からその旨《むね》をきき、その幕営へ行ってみた。順慶が、果心の顔を見るのはこれが最初だったから非常な興味をそそられた。

「ほほう、おのれが果心か」

「おのれが陽舜坊かよ」

ふたりは、そのまま、だまった。順慶の見るところ、果心の顔は、人の顔ではなかった。枯れ黒ずんだ苔《こけ》のような色の肌《はだ》をもち、瞳《ひとみ》は小さく、白目は黄味を帯び、鼻が

嘴《くちばし》のように突き出ていた。縛られてあごを突き出している所は、まるで鳥を思わせる姿だった。

「頼みがある。——わしはな」

聴きとれぬほどの小声で、

「柏原の砦にいた」

「そうか。弾正のもとを去ってから、伊賀にひそんでいたのか」

「慧《さと》いな。おぬしは、さとすぎるくらいじゃよ」

話はこうである。

信貴山《しぎさん》城が陥《お》ちてから、果心は、伊賀喰代《ほおしろ》の郷士百地《ももち》丹波という者の屋敷に身を寄せていた。

百地丹波は、いわゆる上忍である。間忍《しのび》は飼いぬしを上忍と言い、上忍の命で諸国の武将に傭《やと》われてゆく者を下忍という。いわゆる忍者とはこの下忍のことだろう。上忍は、つねづね百姓の子を物色して間忍の才のありそうな者を見つけては買いあげ、それに苛酷《かこく》な訓練をほどこす。そういう子飼いの下忍のほか、諸国の忍びの芸に長《た》けた者が伊賀へあつまってきて、上忍のもとに身を寄せる。おなじく下忍ではあったが、伊賀ではこれを客忍《きゃくにん》と言った。

果心は、この客忍だった。おそらく、果心ほどの者なら、百地家から下へも置かぬ待遇を受けていたに相違ない。果心のような異常人が歓迎される土地は、伊賀しかなかった。その間、果心はおそらく百地丹波のために諸国の武将に傭われることも多かっただろう。

「それで?」

どうなのだ、と順慶はいった。

「それだけじゃよ。伊賀で暮しているうちに、このたびの乱が起きた。やむなくこの国の徒党とともに柏原の砦にこもったのじゃが、陽舜坊が知ってのとおり、わしは武士ではない」

「僧でもないな」

「法華経演義《ほけきようえんぎ》に言う居士《こじ》じゃよ」

居士トハ清心寡欲《かよく》ニシテ道ヲモッテ自ラ居ルナリ、とその演義にある。果心は、文意どおり欲がなく、しかも、異道ながらも道をもって自ら居る人物ではある。——ただ、武士ではないために、合戦することが苦手だったのだろうか。

「わしは弓矢の沙汰《さた》が厭《いや》でな」

苦笑をし、

「おなじ興福寺の縁によって、わしをこの国から遁《に》がしてくれまいか」

柏原の砦一つをとりまいて、伊賀一国に織田の軍兵《ぐんぴょう》が隙間もなく満ちている。しかも、野に動く者とあれば何者であれ打ち殺すという命が出ていたから、さすがの果心の幻術をもってしても、のがれがたかったのだろう。よって興福寺の縁にすがり、順慶に頼みこみにきたわけなのである。

(はて、どうしたものか)

と順慶は考えた。思案していたが、やがて明るい表情になって、

(狐狸《こり》変化《へんげ》のたぐいというものは、恩を売ればかならず酬《むく》いることがあるという。このような者に情けをかけるのもよい。放ってやろう)

足軽一隊をつけて、鬼瘤《おにこぶ》越えから国外へ放つことにきめ、念のために、

「かならず、織田家および筒井家にはまがごとは働くまいぞ」

というと、いうまでもない、と答え、

「いずれ、礼に参上する」

「来ずともよいわ」

「いや」

果心は順慶の顔をのぞきこみ、

「法印がいま思うたとおり、狐狸変化のたぐいというものは、恩怨《おんえん》にはかならず返報するものじゃ」

内心をまざまざと読みとられて、順慶は薄気味わるくなった。

「縄《なわ》を解いてやれ」

「うふ」

「なにを笑う」

「そこまで恩義は受けまい。おぬしには国外までの道案内を頼うだまでで、縄のことまでは頼うでない」

いうと、にわかに果心の体が細くなり、はらはらと縄が弛《ゆる》んで落ちた。全身の関節を瞬時に解いてしまったせいだろう。やがてそれをもとへもどすと、物音もなく立ちあがり、

「とりあえず、これを酬いよう」

枝をひろって地に図を描いた。

「なんの絵図か」

「柏原の砦の図じゃ。——ここに」

と山を背負った東のほうを指さし、

「隠し門が一つある。今夜子《ね》ノ刻、砦の中の女子供をここから落す。門がひらかれるとすぐつけ入って攻めこめば造作もなく陥ちる」

「まことか」

「うそと思えば、信ぜずともよい」

念のためにその付近に兵を埋めておくと、なるほど果心の教えたとおりになり、柏原砦は、包囲二十日目に労もなく陥ちた。

天正十年六月、信長は京の本能寺で、明智《あけち》光秀《みつひで》の反逆にあってにわかに没した。京に旗をたてた光秀は、いちはやく書を懇意の大名に送って党《とも》を与にせんことを勧めた。

当然、順慶のもとにもきている。

かねて光秀は、信長の麾下《きか》の諸将で儒仏の教養のある者が少ないため、順慶には格別の好意をもって接してくれていた。

(どうしよう)

順慶は明敏な男である。明敏な者のみが迷う。ことに筒井家は織田家のなかでは外《と》様《ざま》であり、信長が死んだ以上、忠義立てする必要は毫《ごう》もなかった。決断がつきかねたために、筒井城に幕下の諸将をはじめ、大和の重だつ被官をあつめて合議した。

一同は、異論もなく光秀に加担すべしと主張し、

「三州（河内、大和、紀伊）を併呑《へいどん》せんことこの一挙にあり。すみやかに日向《ひゅうが》（光秀）どのを援《たす》け、大功を樹《た》つべし」

といった。順慶三十四歳の血気のころである。千年に一度もない好機と思い、掌《て》につばきして立とうと決意した。ところがその夜、重臣の松倉若狭《わかさ》という者が登城して、急の拝謁《はいえつ》を願い出た。

「なにか」

「お人ばらいを」

「まず、近う来い」

「は」

衣擦《きぬず》れの音をたてて若狭が寄ってきた。七尺のところで平伏し、しばらくそのままの姿勢で動かなかった。

「どうした、おもてをあげよ」

「は」

顔をあげた。蒼白《そうはく》であった。目がつりあがり、体が小刻みにふるえている。順慶は思わず片膝《かたひざ》をたて、小姓から佩刀《はいとう》をうけると、

「若狭、乱心したか」

と叫んだ。

「いやいや、乱心にはあらず」

目にたつほどにひどくふるえてきた。歯の根も合わぬぐらいに慄《ふる》えながら、

「陽舜坊」

「なに――」

「いまこそ、恩に酬いようわ」

といった。

順慶は、愕然《がくぜん》とした。姿はたしかに松倉若狭だが、声は、果心居士そのものだったからだ。――その果心の声が怒号するように、

「光秀は日ならず死ぬ。死者に加担しても、冥土《めいど》の領国ならしらず、米のなる三州は取れまいぞ」

言いおわると、若狭は空《くう》をつかみ、口から泡《あわ》を吐いて絶倒した。医者をよび、気を呼び醒《さ》ましたところ、あたりを忙《せわ》しげに見まわして、

「ここは、どこじゃ」

といった。近習の者が見かねて、

「ご前《ぜん》でござりまするぞ」

というと、若狭はしれしれと笑って、

「左様、若殿のお腫物《しゅもつ》のことじゃ。いそぎ申しあげたき儀がござる。おのおの、話が尾籠《びろう》にわたるゆえ、ご遠慮めされよ」

松倉若狭は、順慶の養嗣子《しし》四郎定次の傅人《めのと》も兼ねている。定次が、隠し場所に腫物が出来、さしたることはないと捨てておいたところ、きょうの夕餉《ゆうげ》時分からにわかに熱が出て腫《は》れあがった。そのため、順慶の典医雅明院宗伯の診察をゆるしてほしい、というのである。――順慶はなおも不審が去らず、若狭の顔をじっとみて、

「ただそれだけを願いにきたのか」

「そうでのうて、この夜中、なんで参上しましょうや」

と、どこまでも話が合わなかった。順慶のみるところ、果心が松倉若狭に憑依《のりうつ》ったものであろう。後日、果心と再び会うことがあったとき、このときの不審をたずねてみた。果心は笑って答えず、ただ、「その刻限は、戌《いぬ》の下刻《げこく》でござったろう」といった。「たしかにそうじゃ」と順慶がうなずくと、果心は、

「わしはその刻限に、京の光秀の陣屋の裏にある妙竜山持国寺の山内の薬師堂にいた」とのみ明かした。おそらく、念力を用いて、松倉若狭をして自分の本意を言わしめたのだろうか。

ところが、このときの松倉の口が告げた言葉どおりには順慶は従わなかったが、果心の予言は、順慶の当初の決意をにぶらせた。

とりあえず、和州一万の兵を催しはした。しかし、直ちには光秀のもとにゆかず、中国から兵を旋《めぐ》らせて光秀を討つべく北上しつつある羽柴筑前守秀吉《はしばちくぜんのかみひでよし》に対しても手を打った。家老島左近《しまさこん》を遣わして「順慶は明智の背後を撃つ」との口上をのべさせたのである。しかもみずからは兵を進めて、予定戦場の付近の石清水《いわしみず》の八幡山《はちまんやま》に滞陣するという複雑な行動をとった。

日ならず、眼下の山崎の野に、明智と羽柴以下織田方の諸将との合戦が行われた。

順慶は山上からそれを見おろしていたが、ついに大事を踏んで山を降りなかった。順慶はもとより、光秀が勝つと計算していた。げんに、順慶の兵一万がこの光秀方についたならば、決戦の結果はどうなっていたかわからない。が、順慶は果心の予言が脳裏を占めつづけたのだ。そのためついにいずれにも加わらず、のちの世まで日和見《ひよりみ》のあざけりを受けた。

とはいえ、秀吉は順慶の大和における勢力をあなどれず本領を安堵《あんど》せざるをえなかったから、この日和見は順慶自身の人生には大過はなかったといえるだろう。

果心と二度目に会ったのは、秀吉の城が大坂に築かれ、順慶も地を与えられて船場《せんば》に屋敷を持ったころのことである。

そのころのある日、秀吉が言った。

「わしの手許《てもと》に飼いおく伊賀者が、いまの世にある異能の人物についてさまざまのことを語って聴かせた。そのうち、果心居士という者がいる」

順慶の胸が騒いだ。秀吉は語を継いで、

「その怪人は、法師が飼うているというではないか」

「いや、決して」

「隠すでない。そちの屋敷にいるというぞ」

えっ、と驚き、いそぎ下城して、家臣に屋敷うちを探索させた。天井から、庭石の一つ一つを剝《は》がす所まで探索したところ、騒ぎの最中に、にわかに順慶の部屋に陽《ひ》が翳《かげ》って、果心が入って来た。

「おのれ、どこに居たぞ」

と、順慶はおびえを顔に出して叫んだ。

「騒がしゅうて、昼寝もできぬ」

「どこに居た」

「棲《す》もうと思えば」

と、順慶の背後にある文箱《ふばこ》を指し、

「あのなかでも棲める。無用の詮議《せんぎ》であるわ」

順慶は驚き怖《おそ》れ、にわかに登城して、秀吉に果心の世の常でない能力と来歴をのべ、自分に罪のないことを申しひらいた。秀吉は順慶の陳謝よりもむしろ果心そのものに興をおぼえたのか、

「その者を呼べ」

「いや、化生《けしょう》の者にござりまするゆえ、殿下に何をしでかすやら知れませぬ」

「よいわ」

とき入れず、ついに順慶は果心をともなって秀吉の前に出ざるをえなくなった。

果心居士が秀吉に拝謁したのは、天正十二年の六月のことである。同時にその日が、果心居士の死没の日となった。

城内の広間には、およそ百人ばかりの秀吉の家臣が居ならんでいる。その中央のあたりに引きすえられた果心を秀吉は遠くから望んで、

「そちは幻戯《めくらまし》に長ずるという。見せよ」

と命じた。

果心は、ここへ通された最初から順慶が連れている総髪の者が気になっていたらし

い。その場を周旋する同朋《どうぼう》の者に、再三、

「あの者を下げられたい」

と頼んだがきき入れられず、

「やむをえぬ。ではたった一つだけ仕《つかまつ》ろう」

といって、巨大な香炉を運ばせ、そのなかに用意の香を投じてつぎつぎに焚《た》きくすべた。

「つぎに、戸障子を」

「戸障子をどうするのじゃ」

同朋がいった。

「閉じる」

秀吉は、許してやれ、といった。庭へひらけているその側を閉めきると、白昼とはいえ、人の目鼻もさだかでない暗闇《くらやみ》となった。

しばらく暗闇のなかに異様な香のにおいのみが満ちていたが、やがて百人の者がことごとく声をのんだ。果心の座とおぼしいあたりで、茫《ぼう》っと、人身大の燐光《りんこう》がほのむらだったのである。

人々が声をのむうち、燐光は次第に人の形をととのえてゆき、やがてそれは、ひなびた小袖《こそで》を着た女人の姿になって、紙のように白い顔に髪を垂らしてゆらゆらと立った。

むろん、一座の者のたれもがその女に見おぼえがない。ただ、秀吉のみが声をあげて立ちあがった。——果心が現出したこの亡霊がたれであったか、秀吉にどういううらみをもつ者なのかは果心伝説のどの種類にも明らかでなく、ただ「秀吉公弱年のみぎり、野陣にて犯せし女ならん」とのみ伝えている。

秀吉が腰をおろすとともに亡霊は消えた。燐光も消えた。——それとほとんど同時であった。果心の肉体は、骨を断ち割るぶきみな音とともに板敷の上にころがっていたのである。場所は大広間ではない。果心が斬殺《ざんさつ》された場所は、なんと、大広間からはるかに離れた納戸《なんど》の部屋であった。果心はいつの間にか大広間を抜け出、納戸にひそんで法力を使っていたのである。斬《き》った男は、順慶がこの日、秀吉の許しをえて連れてきていた和州大峰山《おおみねざん》の修験者《しゅげんじゃ》だったという。名を玄嵬《げんかい》といった。果心とはかねて顔見知りであり、どういうわけか、かねて果心が苦手にしていた者だったといわれる。果心の術が、この男のもつ何らかの術に破れたということになるわけである。玄嵬のことは、それ以外に伝わっていない。


（「オール読物」昭和三十六年三月号）

飛び加藤

二条柳馬場のあたりは、公卿《くぎよう》や諸大夫《しよだいぶ》の屋敷が多い。鴨川堤《かもがわづつみ》を背にすると、右に冷泉家《れいぜいけ》があり、左に、押小路《おしのこうじ》、三条坊門、姉小路《あねのこうじ》といった屋敷がならぶ。

とはいえ、家屋敷のかたちをなしているのは、どれをとってみてもなかった。築地《ついじ》がくずれて、そのまま萱《かや》の原に崩れつづいている。池に水草が浮き、庭の木に蔦《つた》やかずらがおおうて、その葉の一枚ずつに、嵯峨《さが》のあたりの空を染める茜《あかね》の陽《ひ》ざしが溜《た》まっていた。

どの屋敷にも、ひと気がない。いずれのあるじも、地方のよるべをたよって、食禄《しよくろく》のあがる見込みのない京を捨てて行ったものだろう。

諸国では、あくこともなく戦乱がつづいている。ことしの五月には、尾張《おわり》の上総介《かずさのすけ》信長が、駿、遠、参の領主今川義元《いまがわよしもと》を尾張桶狭間《おけはざま》の地で斃《たお》したという。

越後《えちご》上杉家《うえすぎけ》の家臣永江四郎左衛門も、そうした戦乱の諸国をへて、この京にのぼってきた。主人謙信の命によって、内裏《だいり》に金品を献上するためであった。永禄三年の真夏のことである。

役目をおわって、数日滞在した。この日も市中を見物して宿舎の近衛《このえ》屋敷にもどろうとしたとき、二条のあたりで、西山の落日をみた。——

右に冷泉、左に押小路家の破《や》れ築地がつづいている。

「墓地のように淋《さび》しい所だな」

四郎左衛門は、与力の鳴尾嘉兵衛《なるおかへえ》を振りかえって笑った。

「左様。その築地のあたりに、死霊でも立ちそうに見ゆる」

「ほう。——」

四郎左衛門は、辻《つじ》をまがってから目を細めて遠くをみた。

畠山《はたけやま》屋形の廃墟《はいきょ》のある辻に、この屋敷町にはめずらしく人だかりがしていた。荷をかついだ者が多いのは、商いを終えて家路につく者が足をとめているのだろう。

「見よう」

人垣《ひとがき》の後ろから、背をのばして、輪のなかをみた。

牛がいた。

男が、立っている。

五尺にみたぬ小男で、武士の風体《ふうてい》はしているが、衣服は旅よごれて、両刀さえなければ乞食《こじき》のようであった。色が黒く、年齢の定かでない顔をしている。びんに白いものまじっている所からみれば、四十を越えているのだろうか。

ただ吊りあがった目が異常であった。光を帯び、またたかなかった。四郎左衛門と目があったとき、おもわず足もとがよろめいたほどの強い吸引力をもっていた。四郎左衛門と隣りの嘉兵衛も呆然《ぼうぜん》としていた。嘉兵衛ばかりではない。男をとりまく十人ばかりの群れのどの顔も、唇《くちびる》を垂れ、男の動くままに、ただ瞳孔《どうこう》を動かしているだけであった。

男はさまざまな口上をのべ、口上のあいだに真言《しんごん》をとなえた。真言がおわると、口上をのべた。――声が低かった。

「よいか。ただいまより、この牛を呑《の》む」

ざわめきがおこった。しかし、男の真言がそのざわめきを鎮《しず》めた。

男は、瞬《また》かない目で、人垣の顔をひとつひとつ見てまわった。

たれもかれも、息をするのを忘れるほどの静かさであった。どの男女の膝《ひざ》も、体を宙に浮かせるほどにゆるんでいた。ときどき、風が吹いてきた。そのたびに、人垣の体は、左にそよぎ、右にゆれたりした。

「おれは牛を呑む。そのかわり、一同はおれの言いつけを聴く。よいか。――うなずくがよい」

一同は、無言でうなずいた。

「おれの目をみよ」

見た。

永江四郎左衛門は、男の目が次第に大きくなってゆくように錯覚した。

男は、牛の鼻づらをとったまま、次第に後じさりしてゆく。背後の人垣が、男のために道をあけた。やがて男はとまった。人垣は、一列になって男を見るかたちになった。

「みな、かがめ」

言うより早く、群衆はかがんだ。四郎左衛門も嘉兵衛も、いつのまにか群衆に溶けこんでしまっている自分に気づかなかった。二人は、膝を折ってかがんでいた。

「あおむけざまに」

男は、唇を動かさずに言う。

「寝よ」

四郎左衛門も嘉兵衛も、背を打つような勢いでころがった。

「起きよ」

言いなりになって起きあがろうとしたとき、それぞれの目が男を見た。驚きのあまり、目をつぶる者もあり、肘《ひじ》を折って再びころがる者もあった。男は、牛の後右脚から、ゆっくりと呑みはじめていたのだ。脚を呑み、尻《しり》を呑み、胴を呑み、前脚を呑み、ついに頸《くび》をのんだ。わずかに、牛の、角と目と鼻だけが残されているのみとなったとき、頭上で、

「あっ」

叫ぶ者がいた。

「お侍、牛の背に抱きついているだけじゃ」

松の木の上に、商人風《あきんどふう》の男がのぼって見おろしていたのだ。その声で、人々は夢からさめたように、自分をとりもどした。

なるほど、男も牛もそこにいた。男は牛の背に抱きついているだけにすぎなかった。

男は、苦い顔をして牛の背から降りた。

松の上の商人をじっと見あげていたがやがて視線を群衆のほうにもどした。

「愚か者がいた。術がととのわなんだ。——こんどは、夕顔を咲かせるとしよう」

男は、夕顔の種子を掌《てのひら》にのせ、脇差《わきざし》をぬいて土を掘り、種子をたんねんにうずめた。

「やがて、双葉が萌《も》えようぞ」

一同が目をこらした。ほどなく、柔らかい土を割って芽が出てきた。

「見よ」

男は咽喉奥《のど》で奇妙な笑い声をふくませながら、扇子をひらいて芽をあおぎはじめた。あおぐたびに、芽はすこしずつ伸びはじめ、やがてツルが出た。ツルは松の木の幹を這《は》い、待つほどにみごとな花がひらいた。

「花とは必ずしぼみ落ちるものだが、この場でしぼむのを待つのも気の長いはなしじゃ。どれ、待つのも気鬱《きうつ》ゆえ摘《つ》んでやるとしよう」

脇差を抜き、花をちょんと摘んだ。同時に夕顔は煙のように消え、花にかわって松の木の上から商人の首が落ちてきた。

「あっ」

群衆がどよめいたとき、牛を牽《ひ》いた男の背が、すでに祇園御旅社《ぎおんおたびしゃ》の前の路上をゆっくりと歩いていた。夕焼の空から、急速に光が褪《あ》せた。男の背に、筆で刷《は》くように闇《やみ》がただよいはじめていた。

「もうし」

永江四郎左衛門と鳴尾嘉兵衛が、闇の路上を牛に乗って漕《こ》いでゆく男をよびとめた。

「なにかな」

すでに予期していたような声である。

「われらは、上杉越後守《えちごのかみ》の家人《けにん》でござる。拙者を永江四郎左衛門と言い、かの者を鳴尾嘉兵衛と申す。こよい、お手前にさほどの御用がなければ、われらの泊る近衛屋敷におとまりねがうわけには参るまいか」

「よかろう」

男の計算ずくめのことだったのである。この男だけではない。京へのぼってくる牢《ろう》人《にん》のたれもが、得意の武技をあらわして、諸国の武将の耳目にとどくのを待っていた。永江四郎左衛門たちも、内裏の御用でのぼったとはいえ、みちみち、屈強の者をさがすようにとの主命をうけていた。

この男は、永江四郎左衛門が、あの辻にやってくることを見越したうえで、人をあつめて幻戯《めくらまし》をやっていたという算段なのである。

近衛屋敷につくと、日が暮れていた。四郎左衛門や嘉兵衛の家来たちが、主人の帰りの遅さにさわいでいたらしく、灯をかかげて路上まで出ていた。

「客人《まろうど》じゃ。疎略《そりゃく》にすな」

言われた家来が、男を案内《あない》して回廊を渡ろうとしたとき、男が動かなくなった。闇のむこうをじっと見つめている。

視線の方角で、つるべを繰る音がきこえているのだが、この男の目には井戸わきにいる者の姿がみえるらしく、見つめたまま、次第に目を光らせた。

「なにか、お気にさわりましたか」

「あれに、女がいる」

「私には見えませぬが。おそらくこの屋敷の雑仕女《ぞうしめ》でございましょう」

あるじの関白左大臣近衛前嗣《さきつぐ》は、ここ数日他行して屋敷のうちにはいない。わずかばかりの家来もそれに随行し、屋敷うちには、男女の使用人数人が残っているだけであった。

「よい匂《にお》いがする」

「匂いが？」

むろん、案内の者の鼻には聞えない。

「まだむすめじゃ。なりかたちは良うないが体のなかは、よう熟《う》れておる。よう匂う」

「は。……」

案内の者は、闇の中で立っているこの男が、人ではなく狐狸《こり》のたぐいではないかと思って、なんとなくおぞ毛が立つ思いがした。

一室に案内されて、男は、四郎左衛門と嘉兵衛のあいさつをうけた。

「まだご尊名をうかごうて居ぬやに存じますが、なんとおおせられまする?」

「人は、飛び加藤《かとう》と申す」

「はて、飛び加藤。——それがお名乗りでござるか」

「名乗りなぞはない。気に入らねば、なんとでもおぬしらで、異名をつけるがよい。天地の気とともに生き、気とともに漂うておるわしに、なんの名があろうか」

四郎左衛門はこまって、

「では、いずかたのおうまれでござる」

「出自か」

皮肉な顔でわらい、

「侍にはそれが必要らしい。遠くは神代津速魂命《つはやだまのみこと》三世の孫天児屋根命《あめのこやねのみこと》より発し、二十三世を数えて、大織冠中臣連鎌子《たいしよつかんなかとみのむらじかまこ》出づ。天渟中原瀛真人《あめのぬなはらおきのまひと》天皇（天武）の十三年朝臣《あそみ》を賜《たま》い、世を経るとともに家を陽明家と通称し、稙家《たねいえ》、前久をうむ……」

「これはしたり。それは近衛家の家譜ではござらぬか」

「まあな」

越後の田舎武士とみて、あなずっていたらしかった。

「まことは、大和国葛城山《やまとのくにかつらぎやま》のふもと、当麻《たいま》村にうまれた。山伏《やまぶし》となり、金剛《こごせ》山で修行すること五年、葛城にこもること七年、大峰、弥山《みせん》、仏生岳、釈迦《しやか》ヶ岳《だけ》、大日岳、涅《ね》槃岳《はんだけ》、仏経ヶ岳、孔雀岳《くじやくだけ》を経めぐること十五年、経を誦《よ》み、観を行《ぎよう》じ、ついに人霊から脱するをえて、ふたたび俗界にもどった」

「左様か」

四郎左衛門と嘉兵衛は、ひどく感心して、

「越後は遠国とはいえ、毘沙門天《びしやもんてん》の再来といわれる謙信公を頂いてござる。あるじに引きあわせまするゆえ、われらと同道して越後に参られぬか」

「越州公は、いずれ北国を併呑《へいどん》して京に旗を立てられるご器量とみる。拙者が仕えて、お働きをたすけ参らせるのも、一興かもしれぬ」

目尻をさげ、急に俗な表情になったが、四郎左衛門も嘉兵衛も、その表情に気付くほど犀利《さいり》な目はなかった。翌朝、四郎左衛門が起き出て、飛び加藤の部屋へうかがうと、部屋のぬしは、ふたりになっていた。一人は、渦貝《うずかい》という名の年若い雑仕女であった。

飛び加藤は、めしを食っている。渦貝は、かれの膝にもたれかかりながら、加藤の食う干魚をむしっていた。四郎左衛門が入ってきたのをみて、渦貝はあわてて起きあ

がろうとしたが、加藤は箸《はし》の先で女の背をおさえ、

「うごかずともよい。わしと共に居るかぎりには木のはしと思うがよい」

「木のはしとは痛み入る」

四郎左衛門は、痩《や》せ老いた顔に、苦笑をうかべた。飛び加藤はわらわず、

「ゆうべ、この女に伽《とぎ》をさせた」

「意外なお腕で」

おそらく、昨夜、女の部屋に忍び入り、例の幻戯《めくらまし》で女をとろかせたうえで、従わせたものだろう。女は、色が黒く猪首《いくび》で、目と鼻を顔の真ん中でつかみ寄せたような奇妙な容貌《ようぼう》をしていた。田舎者とはいえ、四郎左衛門は頼まれてもこんな女に伽をさせる気は起らない。女を引きよせて得意になっている飛び加藤をみて、

（この仁《じん》は——）

と、四郎左衛門なりに推量した。

（まだ山から降りてきて、日数も経《た》たぬのであろう。人里に馴《な》れておれば、このような女に目もくれぬはずだ）

「よいかな、永江どの。この女を連れて、道中の給仕をさせるぞ」

「しかし、近衛家が」

「朽ちはてたとはいえ、関白家じゃ。雑仕女の一人や二人が消えたところで、さわぐはずはあるまい」

数日経って、四郎左衛門一行は越後へ発向した。

醒ヶ井《さめがい》でもそんなことがあった。百姓家《や》にとまったところ、飛び加藤は、給仕に出たその家のむすめがひどく気に入ったらしく、酒をつがせたり、たわむれたりしていたが、ついに亭主《ていしゅ》をよんで、

「この娘をわしに給《た》もれ」

といった。

亭主は迷惑した。

「世継ぎがございませぬゆえ、この娘にむこをとって家をつがせまする。おそれながら叶《かな》いませぬ」

「ならぬというのか」

残忍な目をした。傍《かたわ》らの瓶子《へいじ》をとりあげ、酒を捨てて亭主の目の前で振ってみせ、

「この瓶子の中に娘を封じこめるが、よいか」

(あっ)

四郎左衛門はおどろき、この場をとりなそうと思ったが、はたして娘が瓶子に封じ

られるかどうかを見たくもあった。だまって、息をひそめた。

亭主は飛び加藤の力を知らない。

「ご冗談を」

といって取りあわなかった。飛び加藤は、「そうか」とうなずき、ゆっくり自分の胸もとをくつろげて肌《はだ》をみせ、瓶子をその肌で温めるような仕草で、ふところの中へ入れた。

引きつづき酒をのんだ。娘は相変らず酌《しやく》をしていたが、いっこうに瓶子の中に入ってゆく気配はなかった。

夜が更《ふ》け、一同は寝た。

翌朝、宿の者に送られて一行は出た。門のそばに娘が変りない姿で立っているのをみて、四郎左衛門は内心ほっとするとともに、

(飛び加藤は口ほどもない)

と、軽い失望を覚えたりした。

美濃《みの》関ヶ原へ出、そこから折れて北国街道を北上した。

つぎの夜も、百姓家でとまった。宿では、台所と薪《まき》を借りるだけで、四郎左衛門の小者《こもの》たちが、背負ってきた米をおろしてかしぐのである。

渦貝も、台所におりて手伝っていた。そのあいだ、別室で、飛び加藤はあびるほどに酒をのんでいた。四郎左衛門が入ってくると、機嫌《きげん》よく、

「まず一献《いっこん》」

と酒をすすめた。

「醒ヶ井では、ひどくあの娘に執心でありましたな」

言外に、あれほど執心でも娘を奪いとることができなかったではないか、という意味の皮肉をこめた。

「この瓶子のことかな」

飛び加藤は、ふところに手を入れ、腹のあたりから例の徳利をつまみ出してきた。

「それそれ」

四郎左衛門が、おどけて掌《て》で瓶子を抱いてみると、人肌のぬくもりがあった。なんとなく不気味な気がして、そっと畳の上においた。

「案ずることはない。娘は、その瓶子のなかに入っているわさ」

飛び加藤は、無造作に瓶子をとりあげ、畳のうえに傾けた。その拍子に、四郎左衛門は眩覚《めくるめ》くおもいがした。なにか、ころころという気配がして小粒なものが畳の上にこぼれた。

目をあけた。べつに眠ったような気もしなかったが、一瞬、外界のながれが中断したような気もした。——そこに、派手な小袖《こそで》をきたあの家《や》の娘が、短檠《たんけい》を背に影濃くすわっているのを見た。

「これは。——」

二の句がつげなかった。加藤はわらい、

「娘、こなたに酌をしてさしあげよ」

「はい」

夢ではない。うるんだまろやかな声で、娘はありありと返事をした。

越後についたときは、そろそろ、空の色に秋の気配が濃くなりはじめていた。

永江四郎左衛門は、とりあえず、この飛び加藤を、関ノ庄菩提ヶ原《せきしょうぼだいはら》という在所の名主榊原妙阿《さかきばらみようあ》の屋敷にとどめた。いずれこの者を主君謙信の見参に供さねばならないが、何ぶん素姓のさだかでない者であり、道中つぶさに見たとおりの怪人であった。自邸に引き入れるのは主君にはばかりありと考えたのであろうか。

四郎左衛門は、謙信の前へ出た。京での役目についてさまざまと言上したあと怪人飛び加藤について物語った。

「ほう」

謙信は興味をもったらしい。

もともと謙信は、超人譚《たん》がきらいではなかった。天文二十一年の正月以降、遁世《とんせい》の意思もなくして髪をおろし、僧服を着た。年わずか二十三であった。法体《ほったい》にあらためた理由は、自分の心術を神仏に近づけたい、とねがったからである。謙信は早くから女色を断ち、魚肉を食膳《しょくぜん》にのぼさなかった。念持仏を、北天守護の善神といわれる毘沙門天《びしゃもんてん》とし、居城春日山《かすがやま》城の艮《うしとら》に堂をたて、神像を安置し、起誓《きしょう》して、

「われ一たび天下の乱逆をしずめ、四海一統に平均せしめんとす。もしこの願望かなうべからずんばすみやかに死を賜われ」と祈った。肉食妻帯をみずから禁じたのは、五体を清くして誓願の貫かんことを祈るためであった。かれは、しばしば、城内の毘沙門堂に籠《こも》った。数日人に会わないこともあった。そういう祈禱僧《きとうそう》のような性格が、魔界の眷族《けんぞく》のような飛び加藤に興味をもたせたのに相違ない。

「その者をよべ」

「いますぐでござりましょうや」

「ならぬ」

四郎左衛門は、戸惑うた。謙信はおっかぶせるように、

「十日のちに呼べ」

この十日ほどの間は、謙信の母、外祖父、叔父などの命日が重なっている。その飛び加藤という者がただの忍者ならばよい。もし魔性《ましょう》の者ならば、それぞれの死者の後生《ごしょう》をみだすことになろうと考えたのだ。そう考えるところに、すでに飛び加藤の術に屈していたともいえた。

謙信は、あらかじめその男についての予備知識を得ようとした。

「草をよべ」

上杉家では、忍者のことを「草」という。下賤《げせん》の者だが、上士なみに主君にお目見得することができた。ただし、主君と対面できるのは庭先にかぎられている。

関ノ庄菩提ヶ原の榊原家における飛び加藤の日常をしらべるために、「草」は出発した。春日山城より東南一里の所にその屋敷はある。「草」は、屋敷の背にある池の堤にひそんで日没を待った。

堤の根に、野ねずみの穴がある。ねずみが走り出た。「草」は、すばやく手をのばしてそれをつかんだ。あごの下を指でおさえれば、ねずみは鳴かない。

塀《へい》をこえ、庭にひそみ、時間をかけてじりじりと屋敷のなかを移動した。

中庭に出た。庭に面した部屋の雨戸が明けはなたれている。部屋のなかが、まぶしいほどに明るかった。蠟《ろう》を用いた灯を、数点も使っているせいだろう。

(贅沢《ぜいたく》な男じゃ)

飛び加藤は、ふたりの女をすわらせて、こまかく身をうごかしていた。

(なにをしているのだろう)

部屋の三方に点ぜられた灯のせいか、飛び加藤がうごくたびに複雑な翳《かげ》が出来、隈《くま》が幾重にもかさなって動作が容易につかめなかった。ひとつには、「草」の位置が遠すぎるのかもしれない。

そう思って、「草」は慎重に縁にちかづき、ようやくつくばいの蔭《かげ》に忍ぶことができた。

飛び加藤の右手に、光る物がきらきらと灯影《ほかげ》に映えている。しきりと動いていた。

(なんのことじゃ。あほうな。……)

光る物は、剃刀《かみそり》だったのだ。二人の女の顔のうぶ毛を、飛び加藤は、交互に、しかも丹念に剃《そ》ってやっているのである。「草」は、なんとなくおかしみを覚えつつ、

(好色な男であるな)

どちらも色が黒く、猪首で、顔が扁平《へんぺい》なのである。そういう女が、この男の嗜好《しこう》に

あうのであろうか。

(まさか、気づいてはいまい)

ながい経験で、そのことはわかる。飛び加藤は微笑をし、ほとんど童子のような無心さで、女の肌を濡《ぬ》らしてはうぶ毛を剃っていた。

「草」は、安堵《あんど》してそれをながめた。ぽつり、と水滴が襟《えり》におちた。

(雨かな)

思ったとき、

(あっ)

声をあやうく出そうとしたほど、「草」はおどろいた。飛び加藤のもつ剃刀がきらめいた瞬間、右側の女の首が、ぽろりと落ちたのである。

(まさか――)

見なおすと、たしかに落ちたはずの首が、もう元どおりになっていた。女は、相変らず目をつぶって心地よげに顔をゆだねていたのである。

(目のあやまりだったのか)

思うまもなく、こんどは左の女の首が、ぽろりと落ちた。「草」は、目をしばたいた。やがてそれを凝視したとき、首はやはり元にもどって心地よげに剃られているのである。

「草」は総身の毛がそばだつほどの恐怖をおぼえた。

首に、ではない。

飛び加藤が、すでに「草」の存在に気づき、知りつつ「草」の心をいたぶるために、いたずらをしてみせたとしか思いようがないではないか。

（これは殺される）

身をひこうとした。そのとき、つくばいの根もとの小石が擦れて、かすかな音をたてた。

「たれ？」

女の一人が伸びあがった。

とっさに、「草」は左手につまんでいたねずみを放った。放ちながら、「草」は、この卓絶した相手に対して、おのれの使う忍びのみじめさを思った。陳腐《ちんぷ》すぎた。

「草」の手を離れたねずみは、濡れ縁の上を走った。やがて、そのねずみの足が急に重くなった。

飛び加藤が、剃刀をかすかに上下させて招いているのだ。まねかれるまま、ねずみは、吸いよせられるようにして、飛び加藤のそばへ寄った。

「こいつよ」

飛び加藤はねずみのしっぽをつまみあげ、女にいった。

「夕刻、裏の池の堤にひそんでいた。日が暮れてから塀を越え、庭を這《は》い、そのつくばいのかげにかくれた。いま、首を斬《き》られたさに、わしの手もとに擦りよって来おったわ」

剃刀を、丁《ちょう》と打った。ねずみの小さな首が落ちた。

――「草」は、蒼《あお》い顔をして謙信に復命した。

「とうてい、われらの術のかなう相手ではございませぬ」

「それは、人か」

「ひょっと致しますると」

忍びは、怖《おそ》れで膝《ひざ》を摺《す》りながら言った。

「魔性ではございますまいか」

それが、飛び加藤の手だったのだろう。忍者にそういう報告をさせて、謙信の心に暗示をかけたのかもしれない。

約束された日に、飛び加藤は、永江四郎左衛門に介添えされて謙信の前に出た。

「名はなんというぞ」

「忍者には名はございませぬ。お屋形様において、なんなりとお名付けくださりますよう」

「気に入れば、名もくれてやる。召し抱えてやらぬでもない。そちは、外道《げどう》の法を使うそうじゃが、その術はわが武略の役に立つか」

「とのは、敵方の城を見たいと思召《おぼしめ》すや」

「知れたことをいう。戦《いく》さをするのに敵陣の様子がわかれば勝ったも同然である」

「この刀」

許しを得て永江四郎左衛門に持たせてある異風のこしらえの刀を指さし、

「ひとふりだにあらば、どのような城、陣屋にも自在に出入りできまする」

「見せい」

謙信は刀を手にとった。つかの部分が二尺ばかりもあり、抜くと、刀身が一尺ほどもなかった。しかも刀身に黒さびをつけて、ぶきみな玉虫色にひかっている。謙信は手で触れようとした。飛び加藤は、あいや、と制し、

「毒が塗ってござる。お触れあそばすな」

鞘《さや》をみた。一尺の刀身を、二尺の鞘におさめている。こじりが分銅《ふんどう》になっており、取りはずすと、鞘の中からずるずると鎖が出てくる仕掛けになっていた。つばが広く、下げ緒も長い。忍び入るとき刀を塀に立てかけて、つばに足指をかけ、下げ緒の先端をにぎって跳躍したあと、緒をたぐって刀を引きあげるわけである。

「なんぞ、術を使うてみい」

「御前では憚《はばか》り多うござる。おそれながら、どなた様かのお屋敷に忍び入りましょう」

「そうか」

「修理亮《しゆりのすけ》はおるか」

重臣のなかから、長尾修理亮がすすみ出て平伏した。

「そなたの屋敷はわけても堅固ゆえ、この者の忍び入りを防ぎとめよ。時は、明夜としよう。――これに薙刀《なぎなた》がある」

修理亮と飛び加藤に示し、

「これを屋敷の式台の上におけ。飛び加藤はこれをさらう。しくじったれば、長尾の家来のためになますになるのを覚悟するがよかろう」

「承知つかまつった」

長尾修理亮はいそいで下城するや、家ノ子はもとより、近在の知行地《ちぎょうち》に散在している家来、被官の者まで狩りあつめた。

飛び加藤は、いったん、四郎左衛門の屋敷で休息した。

「だいじょうぶでござるか」

小心な四郎左衛門は、もし加藤がしくじれば責めが自分にまでおよぶことを怖《おそ》れていた。

「いやいや、これしきのことは、気はしの利《き》いた伊賀者《いがもの》、甲賀者づれでも出来ることじゃ。案ぜらるることはない」

勝負はあすというのに、飛び加藤は、その日のまだ陽《ひ》の高いうちに、永江屋敷を出た。

長尾家の知行地は、榊原家のある関ノ庄一帯にある。すでに地理を知っていたから、しかるべき森に身をひそめた。

森の中に、ひとすじの小みちが通っている。何人かの百姓が通った。やがて、長尾修理亮に狩りだされたとおぼしい在所の武士の一行をみつけた。一行に、五、六人の小者が従っていた。

飛び加藤は草むらの中から目を出し、小者のうちで自分の背丈、体つきの似ている者をえらび、その顔かたち、歩き方、身ぶり、装束を丹念に記憶した。

そのあと、榊原妙阿の屋敷に立ちまわり、屋敷の蔵へ案内してもらって恰好《かっこう》の装束をさがし、

「昼寝をするゆえ、人を入れぬよう」

と、部屋にこもった。化粧をした。面貌《めんぼう》を変えるためである。ほどなく出てきた男を、妙阿の家人の中で、それが飛び加藤であるとはたれひとり気づく者がなかった。

そのまま長尾修理亮の屋敷へゆき、苦もなく門内に入った、と後述の古記に識《しる》されている。

飛び加藤は、長屋門の屋根裏にかくれて夜を待ち、日が暮れると門からおりて、屋敷うちを悠然《ゆうぜん》と歩いた。

長尾家では、侵入はあすだという先入主があった。邸内は人で満ちてはいた。が、まだ警戒の態勢ができていなかった。飛び加藤は、その虚に乗じたわけである。

その夜は長屋門の屋根裏に巣を作って寝た。翌日、朝から屋敷うちはきびしい警戒に入ったが、飛び加藤が行動するのに何の不自由もなかった。たれもが、森を通った新井平内左衛門という武士の小者だと思って疑わなかったのである。

さすがに、薙刀を置いてある玄関の式台付近だけはちかづくことはできなかった。

薙刀の前に、三人の屈強の武士がすわり、玄関の前に十人の雑人《ぞうにん》が、手槍《てやり》をにぎって立っていた。天井にまで見張りをしていた。天井板を落し、梁《はり》をまたいで、何人かの者が警戒していた。

夜になった。邸内のあちこちにかがり火が燃えつづけ、そのかがり火の一つ一つを縫って、黒い影がしきりと動いた。犬であった。修理亮自慢の巨犬で、「村雨《むらさめ》」という。飛び加藤はあらかじめ榊原家でその評判をきいていた。

「村雨よ」

放胆にも、庭の植込みに立って、大声でよんだ。邸内のたれもがその声をきいた。まさかその堂々たる呼び声が、忍者の声だとは思わなかった。

村雨は、風を巻いて飛んできた。犬は世話をする者の手ずからでなければ物を食わない。が、村雨は、飛び加藤が投げた異様な匂いのするものを嗅《か》いだときに習性を狂わせた。ひと口、それを嚥下《えんか》した。

村雨は声もなく死んだ。飛び加藤は死骸《しがい》を植込みの中に投げ入れ、夜が更《ふ》けるのを待った。やがて、屋敷の東南のすみにある棟《むね》に忍び寄った。

延鑰《のびかぎ》（忍具）を用いて雨戸をはずした。一刻《にじかん》ばかり部屋のなかの寝息をうかがっていた。頃《ころ》をみて婢女《はしため》の部屋に侵入し、修理亮の妻女が使っている十歳の童女を眠ったまま背に乗せた。やがて、風のように邸内をぬけ出た。

四郎左衛門の屋敷に、謙信に命ぜられた検分役がつめかけている。ふらりと屋敷へ舞いもどってきた飛び加藤をみて、

「忍びこんだか。証拠はどうした」

「これでござる」

背中の童女をみせた。童女はまだ昏睡《こんすい》したままだった。

「たれが小娘を盗めと申した。薙刀《なぎなた》はよ。――」

「はて」

相手をさげすんだような声で、

「ここにはないわ」

翌日、謙信の面前に出た。

「飛び加藤、負けたな」

「負けは致しませぬ」

瞼《まぶた》をあげ、白い目を見せた。

「負けじゃ、式台の上の薙刀をなぜ盗まなんだ」

「盗んでも詮《せん》はござりませぬ。あれは偽物《にせもの》でござりまするゆえ」

「偽物?」

謙信は、修理亮に薙刀を持って来させた。仔細《しさい》に見るまでもない。それは謙信が手渡した薙刀とは、似て非なるものであった。吐きすてるように、

「偽物じゃな」

と謙信はいった。本物の薙刀は、城の納戸役《なんどやく》の詰《つ》めノ間《ま》の簞笥《たんす》のなかに入れてあった。おそらく、修理亮が薙刀を謙信から手渡されて下城するまでのあいだに飛び加藤がなんらかの方法ですりかえたものに相違ない。しかし飛び加藤は、謙信からその方法をくどくたずねられてもついに答えなかった。

飛び加藤の話は、「甲越軍記」「近江輿地志略《おうみよちしりゃく》」および「明全記」に出ている。「明全記」によると、謙信は、約束によってこの男を十日間かかえたという。

五日目に思案した。当然なことである。これほど異能なものを抱えていては、万一この男に叛心《はんしん》がきざした場合、謙信自身の身があぶなかった。

(追うか)

愚策だろう。敵方に走った場合を考えるとおぞ毛が立った。

（殺すしか仕方があるまい）

それも惜しいと思った。

飛び加藤の役目は、お伽衆《とぎしゅう》である。お伽衆とは、主君に耳学問をあたえる役目で、僧侶《そうりょ》、儒家のほかに、合戦の経験の深い者、諸国の地理風俗に明るい者、有職故実《ゆうそくこじつ》にくわしい者などがえらばれ、禄高《ろくだか》身分もまちまちで謙信の身辺に侍していた。

飛び加藤の話は面白《おもしろ》いし、とりわけ、謙信の好きな神仏奇譚《きたん》に明るかった。とくに、謙信の信奉する毘沙門天《びしゃもんてん》の話をよくする。

「毘沙門天の本地《ほんち》はなにか」

「天竺《てんじく》に瞿婁《くる》国という国がござった」

という式である。

「瞿婁国王の夫婦《めおと》は老いて子がござらなんだ。大梵天王《だいぼんてんおう》に祈念して仏の御子を得んとし、やがて姫をえた。これを天帝玉姫と申す。爾来《じらい》国が栄え空に瑞雲《ずいうん》が絶え申さなんだが、隣国に摩耶《まや》国があり、国王が姫を望んで容《い》れられなんだところから、軍兵《ぐんびょう》を催し、瞿婁国は危殆《きたい》におち入り申した。姫ふかく悲しみ、身を敵国王に与えんとして旅立ったところ、山中で維曼《いまん》国の金子太子に遭い、その助けをえて摩耶王の軍を追い申したが、途中、姫は病いを得て儚《はかの》うなってござる。太子深く悲しみ、九天を駈《か》けめぐって姫のうまれかわっている所をたずね申したところ、大梵天宮にいることを知り、面会して夫婦となり、太子は毘沙門天に、姫は吉祥天女《きちじょうてんにょ》となって衆生《しゅじょう》を済度したと申す」

「奇験《きけん》なはなしじゃな。わが国天台顕教のなかに、毘沙門堂流というものがある。僧明禅がそれを興し、秘事法門の口伝《くでん》を遺《のこ》したというが、存じておるか」

「それは」

しかじかであると答えてよどみがなかったから、いよいよこの男を珍重する気になったが、怖《おそ》れはさらに深まった。

ついに、九日目の夜、これを殺すことを決意し、十日目の夜、万端の支度をととのえ、飛び加藤を春日山城によんだ。

廊下に人数を伏せ、武者隠しにも屈強の剣客を忍ばせて、謙信は謁見《えっけん》した。

「ほう、こよいはなんぞ、宴《うたげ》でもなさるのでござりまするか」

この夜は、ことさらに配慮して部屋に数人の重臣を同座させたのみだったから一同はけげんな顔をした。

「ざっと二十人ばかりの心ノ臓の鳴る音が、拙者の耳には聞え申すわ」

「酒をのませてやれ」

小姓が、酒器を持って飛び加藤の膝の前においた。むろん、毒酒である。小姓が注《つ》ごうとすると、

「待った」

手で制し、

「ご趣向は、相わかり申した。ひとつ、飛び加藤の最後の芸をお目にかけよう」

杯を膝の前の板敷のうえに置き、小姓の手から錫子《しゃくし》をとりあげ、みずからの手で杯に酒を注ぎはじめた。

「ご覧《ろ》うじろ」

同座している者が総立ちになった。錫子の口からこぼれ出たものは酒ではなく、二十個ばかりの小さな人形だったのだ。人形は杯の上に落ちては板敷の上にとびおり、やがて一列になって踊りはじめた。あまりの奇異に一同が見とれているうち、

「あっ」

飛び加藤の姿は、どこにもなかったのである。板敷の上には、酒がこぼれているにすぎなかった。

飛び加藤は、その後、つてを頼んで甲斐《かい》の武田《たけだ》信玄《しんげん》のもとに仕官をもとめるが、信

玄は「すだま（魑魅《ちみ》）の類《たぐ》いには用がない」といって一度も会わず、家臣馬場信勝の屋敷に起居させておいて数挺《ちょう》の鉄砲で撃ち殺したという。信玄の合理的性格の前には、飛び加藤の幻術も効がなかったのだろうか。「明全記」の説では、磔刑《はりつけ》にしたという。槍《やり》がまさに飛び加藤の胸に及ぼうとしたとき、舞いあがった鳶《とび》をつかんでのがれ去ったというが、ここまで来れば話は荒唐無稽《こうとうむけい》になる。

（「サンデー毎日」昭和三十六年六月）

壬《み》生《ぶ》狂言の夜

新春の雑煮は、京ではおけら火でたく。おけらの火だねは、大晦日《おおみそか》の夜、八坂《やさか》の祇《ぎ》園《おん》社の社頭でもらうのである。

壬生《みぶ》高樋町《たかひちよう》にすむ目明《めあか》しの与六は、その夜祇園からもどってくると、火縄《ひなわ》につけた白朮《おけら》の一本を女房《にようぼう》のおかねにわたし、他の一本は指さきにからめて、もう一度閾《しきい》をまたいで外へ出ようとした。その背へおかねが、厭味《いやみ》をいった。

「また、お隣りの後家はんどすか」

「稼業《かぎよう》やがな、土方《ひじかた》さんから耳うちされていることもある。それに、御亭主《ごていしゆ》の忌中やさかい、お宮の鳥居はくぐられへん。隣りのよしみで、おけらぐらい、分けてさしあげてもええやろ」

与六が暗い外へ出たとき、隣家の格子戸《こうしど》から、影がスイと吐きだされた。肥《ふと》ってはいたが、歩きようはまだ年若い武士だった。影がひそひそと路上を南へ下るのを見送りながら、

(やっぱり土方さんがいうたとおりやな)

かるい嫉妬《しつと》が、与六の胸をさした。その気持は、自分では気づいていない。

隣家の標札は、まだ、安西寓《あんざいぐう》とある。安西格右衛門《かくえもん》は紀州の浪人で、このふた月前、祇園に所用があって帰る途中、四条河原で五、六人の浪士風の男にかこまれ、右肩に一太刀、背に二太刀をうけて絶命した。

届け出は、与六がしてやった。近ごろの京は、毎夜のように刃物さわぎがある。諸国の脱藩浪士が俗論の公卿《くげ》侍を斬《き》ったり、その脱藩浪士を新選組や見廻組《みまわりぐみ》が斬ったりした。奉行所はずるかった。死体の後片づけを町役人に命ずる程度で、浪士の私闘には触れないようにしていた。安西格右衛門の死も、おそらく紀州浪士間の硬軟両派のもつれから起ったのだろうとみられて黙殺された。

——残された妻のお茂代《もよ》が、気がくるったように与六にいった。

「わたくしのあるじは、浪士ではございません」

浪士とは、いわゆる尊王思想をもった諸藩の脱藩武士、というのが京で通用している定義だった。安西格右衛門は、ただの浪人で、そういう政治むきの仲間にくわわったこともございません、とお茂代はいうのである。与六は、内心、もっともだ、と思った。

稼業柄《がら》、ひそかに聞きおよんでいるかぎりでは、安西格右衛門は、紀州徳川家の家老で田辺の城主安藤家の家臣であったはずだった。くわしい事情はわからないが、お茂代とのあいだの痴情沙汰《ざた》が明るみに出かけて藩地を駈《か》けおちしたものらしい。

「要するに、佐幕派ではなかった、というわけですな」

「ええ。御政道むきのむずかしいことは」

格右衛門なら関知するまい。与六の記憶しているかぎりのお茂代の亭主は、細身の大小を差し、どことなく薄化粧でもしているのではないかというような身ごなしで、しなしなと外出していた。祇園石段下の「あけぼの」というお茶屋で帳付けなどを手伝っていたが、といって暮しむきは、お茂代が国を出るときに持ちだしたらしい茶道具の類が多かったから、べつにこまっているふうでもなかったようである。

「お国許《くにもと》のご事情が尾を引いているのではございますまいか」

痴情のうらみでもあるのか、ということをきいた。しかしお茂代は固い表情で、

「そのようなことはございません。どなた様にもご迷惑のかからぬいきさつでございましたから」

「ははあ。しかしお武家様が無断で主家をお出ましになると」

「御上意で討たれるというのでございましょう。それはむかしのことでございます」

「なるほど、左様なことでございましょうな」

利口なお茂代の返答では、与六はこの事件のどういう尻《し》っぽもつかむことはできな

かった。もっとも、奉行所の与力《よりき》も同心もこの事件に冷淡な以上、かれがことさらに関心をもたねばならぬ必要はなかった。隣同士の好《よし》みで親切のつもりなのである。もうひとつは、与六個人にかかわりがあった。どういうことか、お茂代の声をきくと、身のうちの肉がうずくような思いがするのである。まさか懸想《けそう》をしているとはおもわなかったが、お茂代のもっているまるい湿りをおびた声を、四十をすぎた与六は年甲斐《としがい》もなく、あとでそっと口真似《くちまね》などをすることがあった。

安西格右衛門の葬儀は、与六がほとんどかかりきりで宰領し、その四十九日には、自分の顔で近所の壬生寺から僧もよび、この壬生界わいの念仏講の人たちにもたのんで、座をにぎわわせもしてもらった。

それっきり、この事件については口出しすまいと思っていたのだが、土方という男が、与六に妙な謎《なぞ》をかけた。与六は、住いの関係もあって、この壬生の郷士《ごうし》八木家に屯所《とんしょ》を置いている新選組の用も聞いている。新選組のことをこの土地では、壬生《みぶ》浪とよんでいた、土方歳三《としぞう》はその副長なのである。

与六は、戦慄《せんりつ》した。累《るい》が、お茂代におよぶかも知れないと思ったからである。土方の疑いを解くために、あの事件をもっと明白なものにしておく必要があると思った。

しかし、正直なところ、格右衛門殺しについてお茂代と話すのは、気がおもかった。

調べるには、夫婦の前歴を知らねばならない。お茂代がいやがるにきまっているからであった。

「今晩は」

大晦日だから、戸口はあいている。おけら火の火縄をさげてお茂代を訪ねるのもお茂代の歓心を得ようという一心からなのである。

「お裏《うら》さん、お掃除はすみましたな」

そんな呼び方でよぶ。ご新造《しんぞう》とも奥様ともよばず、堂上の内室でもないお茂代にそんな呼び方でよぶのは、与六にはお茂代らしくて、それが一番ぴたりとしていると思えた。与六は火縄をさしだし、

「これ、おけらの火どす」

「おけら？」

お茂代は、きれいに片付いた座敷の真ン中で茶器を出して拭《ぬぐ》っていた。紀州の出身であるお茂代は、京の風習がなじめないらしく、与六がせっかくおけらを渡しても、けげんな顔をするだけで、思ったほどにはありがたがってはくれなかった。

「この火でお正月のかまどを焚《た》くと、一年じゅう息災でくらせるというわけです」

「そうですか」

「ほう」

与六は、かまちからお茂代のそばへ這《は》いながら、

「これはご立派なものでございますな。ひとつ、眼福《がんぷく》にあずからせていただくわけにはまいりますまいか」

お茂代の膝《ひざ》もとに、いくつかの茶碗《ちゃわん》が、緋《ひ》の毛《もう》せんを敷いてならべられていた。そのうちの一つを取り上げ、撫《な》でたり、裏返して糸底をすかしてみたりした。

「これはなかなか」

「与六さんは、さすがに京のかただけあっておたしなみがよろしゅうございますね」

「いえ、これでも目明し渡世をするまでは、河原町四条の店で小僧をしておりました」

うそではない。その店がつぶれてから、資本《もとで》もないままに、伝手《つて》があって御用聞のような賤業《せんぎょう》におちてしまったのである。

「まあ」

お茂代は、年のわりには茶道具が好きらしく、急に親しみをおぼえたようだった。

与六は、内心しめた、と思った。

「それは、国を出るときに、父がなにか物入りのときに売れ、と申して秘蔵のものを

そっとくれたのでございます。作は、ノンコウでございます」

「ははあ、しかし」

与六は底をすかして、

「贋物《がんぶつ》でございますな」

「えっ」

お茂代は、鼻白んだ。

ノンコウとはこの作者の通称で、名は道入《どうにゆう》といった。長祐、常慶とともに楽焼三名人のひとりといわれ、その作は茶人の間であらそって珍重される。

「よう似せてはおりますが、釉《うわぐすり》は、片かけしかつけておりません。ノンコウなら、内も外も釉をかけ、しかも二度三度と窯《かま》に入れてあります。これは、竹ノ子屋藤五弁蔵でございますな」

「そんなはずはございません」

「藤五、藤五といっても、藤五は、ノンコウの似せ焼の名人だといわれた男でございます。おなじ贋《にせ》でも、贋の名人の作ですから、それなりに品物もわるくなく、お用いになって結構なものでございます。――しかし、話はかわりますが人間の贋物は、どうも頂きかねるようでございますな」

「え?」

お茂代は形のいい唇《くちびる》を小さくひらいたが、やがて与六のいう意味がわかったのか、不機嫌《ふきげん》な顔になった。お茂代は、与六があの男のことをいっているに相違ないと思ったのである。

話というのは、十月のすえの夜、その日は午後から風が吹きはじめていたから、お茂代は早くから戸をおろした。日が暮れ、雨戸をたたく風の音がつよまりはじめても、夫の格右衛門はもどらなかった。つねづね、格右衛門は、ふたり住いの不安を気づかって、どんな用があっても陽《ひ》のあるうちに帰ってくるのが習慣だったのである。

(妙だわ)

胸さわぎがしはじめたころ、雨戸をたたく音がきこえて、お茂代はほっとした。雨戸をあけてみると、夫が他人の肩の上に乗っていた。右腕が垂れ、腕から指先へ伝って血がしたたり落ちていた。

「お気の毒でした」

男は大きな声でいい、四条大橋へ通りかかったところ、ご主人が四、五人の男と斬りむすんでおられた。仲裁におよぼうと思って河原へ駈《か》けおりたときは、狼藉者《ろうぜきもの》は逃散《ちようさん》し、ご主人は虫の息であった、といった。

「早く、お医者を」

お茂代がいうと、

「もうことされております」

男は、狼狽《ろうばい》するお茂代をしり目に、井戸から水を汲《く》んできて格右衛門の体を洗い、晒布《さらし》で傷口を丁寧に巻き、お茂代に着物をとりださせて着更《きが》えさせると、急に家の中を見まわして、

「ああ、このうちはあなたがお一人だったのですか」

といった。

そのほか、なにか言ったようである。しかしお茂代はおぼえていなかった。気が動顚《どうてん》していたために、名さえ記憶できなかった。ただ、男の吐く息が酒臭いことだけを妙に明瞭《めいりよう》におぼえていた。

「運んできた男、お武家だったのですね」

通夜《つや》の席で与六がきいた。

「さあ、それが」

「どんな顔をしていました」

「覚えていません。ただ、おぐしを剃《そ》っていらっしゃったような気がするのです」

「では、坊主《ぼうず》か医者かあんまでございますな」

葬式を出してから数日たって、その男がひょっこり、お茂代をたずねてきた。手みやげに、四条通で買ったらしい佃煮《つくだに》をもってきた。男が、いった。

「いえね、ちょっと気になったもんですから」

男は、のぼせ性なのか、青々と剃りこぼった大きな頭をもっていた。そのくせ、僧《そう》侶《りょ》でも医者でも隠居でもなく、体格の堂々とした若い武士なのである。

（こんな方だったかしら）

色が白く、顔がまるい。年は、二十七、八だろう。愛嬌《あいきょう》よくわらう表情にまだわらべ顔が残っており、声がおどろくほど大きい。どちらかといえば、素朴《そぼく》で淡泊な性格のようだった。お茂代は相手にすっかり安堵《あんど》した。

「なにか、これも仏の縁だと思召《おぼしめ》しくださいまして」

京に身寄りもないゆえ相談相手になってもらえまいか、とたのんでみたのである。

「私でよければ」

男は立ちあがって、すぐ帰っていった。お茂代は名をききそびれた。この間きいておいて、また聞きなおすというのもわるいと思ったのである。

男が訪ねてきたというのは、与六にはいわなかった。

男がたずねてきた三度目に、与六の女房のおかねが男を目撃した。——与六に、

「頭はお坊主はんみたいどすえ」

と告げた。

（あ、それは）

武士で頭を剃りこぼっているのは、与六の知っているかぎりでは、新選組副長助勤《じょきん》兼柔術師範頭《がしら》松原忠司《ただし》のほかはない。松原の顔は、屯所へ出入りして数度見たことがある。こういう男か、と人相骨柄《こつがら》をいうと、おかねは、そうそう、と続けさまに首をたてに振った。

松原忠司というのは柔術関口流の免許をもっている男で、いつも屯所の道場で隊士に稽古《けいこ》をつけていた。笑い声が大きく、ときどき庭先きまできこえてくることがあった。快活で、しかも親切者という評判がある。壬生浪といえば、内心毛虫のようにきらっている壬生界わいの町人たちも、松原を知る者は特別な好意をよせていた。

最初は、与六も、まさか松原忠司が疑わしいとはおもってもいなかった。おかねから聞いて坊主頭の武士が松原らしいとわかったときも、微笑がひとりでにうかんだ。

（松原さんらしい仕様《しざま》や）

容易でない親切である。他人の死骸《しがい》を四条大橋から壬生高樋町まで運んで来るなどは、できることではなかった。

ところが、師走《しわす》に入ってから、副長の土方歳三が与六をよんだ。

守護職会津中将御預《おあずかり》新選組屯所というのは、壬生郷内の八木屋敷にあり、局長近藤と副長土方とだけは、近所の郷士前川荘司の屋敷を公室につかっていた。与六も、坊城通西口にあるその屋敷にゆくことはめったにない。

おそるおそるうかがうと、庭の白洲《しらす》へ通された。新選組といっても、幕吏ではなく、身分といえばただの浪人なのである。ところが、近藤も土方も、自分の格を千石以上の旗本相応であるときめていて、近藤などは二条城に出仕するときは、槍《やり》を立て、若党二人に両掛《りようがけ》一荷、白馬にまたがって隊士二十人ばかりに行列を組ませていた。土方が、下賤の与六などを庭先きにまわして会うのは、当然なことであった。

与六は、この、江戸で薬の行商人をしていたという土方を、あまり好きではない。痩《や》せがたで鼻すじの通った美男だが、かん骨《こつ》が高く、目がつめたい。およそ笑わない男であったが、縁側まで出てきて与六を見ると、

「おう、よくきた」

江戸前のいきのいい歯切れで言い、にこにこと笑った。

「お前の住いの壁ひとつ隣りは、たれが住んでいる」

「豆腐屋の五兵衛でございます」

「両隣りがあろう」

「へい。南隣りは、紀州浪人安西格右衛門さんの後家茂代と申されるお方でございます」

「美しい女か」

「それは、すきずきでございましょう」

与六は、お茂代の姿を思いうかべた。格右衛門がお茂代のために主家をしくじったというだけに、痩せ気味で小柄な美人であった。どことなく好色なにおいがするのは、与六だけの嗅覚《きゆうかく》かもしれない。

「そのすきずきということについてだが、ちかごろ隊士でお茂代の家にしきりと出入りする者があるという。隣りのことゆえ、お前も先刻、気づいてもいよう」

「存じませぬな」

与六はうそをついた。土方の質問の本意がどこにあるかわからなかったからである。

「目明しのわりには、にぶいことだな」

「お陣屋のご内聞まで、与六は御用を承っておりませぬ」

「じょうずに逃げた。その隊士というのは、助勤松原忠司じゃ。松原は、かねてからそのお茂代という女に想《おも》いを懸けていた。お茂代には亭主《ていしゅ》があるゆえ、それを四条大橋で殺した」

（どうかな）

与六は思った。

「殺しておきながら、それを他人がやったとして死体をはこび、お茂代の歓心をえようとした。もし事実とすれば、新選組の面目のために処断をせねばならぬ。その探索方を、お前に命ずる。ただし、内密に。隊の不祥事ゆえ、処断がおわってからも、内密にしておく。もらせば、気の毒だが、一命は申しうけるぞ」

「質草でございますな、命が。それはぶにあいませぬ。松原様の一件は、どなたからお聞きになりました」

「さる隊士だ」

「そのとおりすでに存じている御仁がある以上、うわさが拡《ひろ》がることについては与六はうけおえませせぬ」

「言うやつだ」

土方は肩をゆすって笑い、懐《ふとこ》ろから紙につつんだ数枚の小判をとりだし、

「当座の用に使え」

縁側から与六の膝もとへ投げた。与六は袖《そで》でほこりを払って押しいただいたうえ、縁の上へもどした。

「これは、もとへお収めねがいます」

「金子《きんす》に不足があるのか」

「めっそうもない。ただ、この件については日ごろお陣屋からごひいきにあずかっているご恩返しのつもりで致しましょう。ご会釈《えしやく》はご無用にねがいます」

「そうか」

土方は、にがい顔つきをして、懐ろにおさめた、というようないきさつがあったのである。

与六は、女房のおかねにいやがられながらも、ときどき隣家をたずねた。女房に皮肉をいわれるのはかまわなかったが、お茂代にいやがられるのは、つらかった。いっそ引きうけねばよかったと何度か後悔したが、

（結局は、お裏さんのおためになる）

と信じて、相変らず、お茂代のもっている道具類をほめたりしていた。

「ほう、これはめずらしい。章魚釣《たこつり》陶器でございますな」

「父が、大坂の商人から購《もと》めたものでございます」

お茂代は、茶器の話をしているかぎりでは機嫌がよかった。ときどき道具話の合間に冗談をいうと、袖《そで》でぶつまねなどをして、人が変ったように陽気になった。

章魚釣陶器とは、慶長年間、秀吉がお伽衆《とぎしゅう》の織田有楽斎《おだうらくさい》に命じて、諸国の窯《かま》からめぼしい茶器をあつめさせた。有楽斎の家臣某は、筑前《ちくぜん》、筑後、肥前、肥後、薩摩《さつま》、大隅《おおすみ》などの窯を行脚《あんぎや》しておびただしい品数をあつめ、それを大船に積んで大坂へむけ航行中、伊予国《いよのくに》智多郡《ちたごおり》の海上で暴風にあい、難を港にさけた。その待避中に、秀吉の訃《ふ》報《ほう》をきいたのである。

船頭某が奸譎《かんけつ》な男で、おりから陸上にある有楽斎の奉行のすきにつけ入り、めぼしい陶器数百点をぬすんだうえ、船を自沈させて逐電《ちくてん》した。奉行某は、責を負って腹を切った。

沈んだ船は、海底で二百年ねむった。文政十年五月、来島《くるしま》の一漁夫が、陶器一個を抱いている蛸《たこ》をつりあげてからはじめて世の注視をうけ、聞き伝えた漁村の者が、蛸

をひもで繋《つな》いで放ち、海底から陶器を抱きかかえさせては吊《つ》りあげた。章魚釣陶器は
そうして数寄者《すきしゃ》の間にひろまったものである。
お茂代のもっている章魚釣陶器は、青磁の壺《つぼ》で、内側にかき殻《がら》がつき、ひびに海中
の有機物が滲透《しんとう》して蒼然《そうぜん》とした趣きをおびていた。ところが有田窯ではない。
海底からあらわれた陶器は、青磁も、赤絵も、青華磁もあったが、すべて肥前有田
の焼きものであったというのが、この道の常識なのである。
(これも、贋物やな)
口に出しては言わなかった。田舎の骨董《こっとう》ずきの上級武士などは、大坂の道具商人あ
たりにもっともだまされやすい相手なのだろう。
「ご立派なお道具ばかりですが、お父様はどのようなお方様でございますか」
「父は、紀州家で五百石を頂戴《ちょうだい》し、鷹匠頭《たかじょう》をつとめております」
「お鷹匠頭——、道理で、お裏さんにもどこと無《の》う雅《みや》びた御風情《ごふぜい》があると思うており
ました。しかしそれにしても、ご苦労をなされたものでございますな」
「それは、もう」
やはり、女なのである。与六のもつ世なれたふんい気にひきこまれて、つい口がほ
ころびてしまった。

お茂代は、もともとお弓奉行の嫡子《ちゃくし》千田進之丞《しんのじょう》という者にかたづくはずであったという。許嫁《いいなずけ》のはなしが両家で成立したのは、お茂代が七つ、先方が十二のときであった。

お茂代は、娘になった。やがて秋は婚儀というその年の春、進之丞は若殿の近習として馬術の稽古につき従っていたところ、馬が狂って主人の身に危難がおよびそうになった。とっさに主人の身をかばい、そのとき受けた怪我《けが》がもとで命をうしなった。和歌山の城下では戦場での討死とかわらぬということで、大そうな評判だったという。

原則として、武家の妻の再婚はゆるされない慣習があった。まだ嫁《とつ》いでいない許嫁の場合もそれはおなじで、お茂代はそのまま、進之丞の位牌《いはい》をもらって実家で年を経た。親類縁者には、同情するむきが多かった。しかし普通の場合と異なり、進之丞の死はあまりにも美談化されすぎていたために、お茂代も烈士貞婦という美名のもとに犠牲にならざるをえなかったのである。

（つまり、贋妻やな）

与六はおもった。

お茂代が二十七になった夏、安西格右衛門が、彼女の屋敷に住みこんだ。格右衛門は、家老安藤家の鷹匠で、陪臣の鷹匠は技倆《ぎりょう》をみがくために、本藩の鷹匠の家に一定期間見習に入る習慣があった。陪臣のうえ、十石三人扶持《ぶち》の小身者だったから、本来ならお茂代に声をかけてもらうこともできなかったが、いつとなく二人は相寄った。

二人が出来ていることを知った父は、処置に困《こう》じはてた。処断するのはやすい。しかし父として忍びなかったし、かねてお茂代の境涯《きょうがい》をあわれと思っていたために、表面上はお茂代を病死とし、田辺の安西家のほうをも然《しか》るべく処置して、紀州領からふたりを落してやったのである。

「なるほど、それなら、国もとから追手のかかるはずもございませんな」

それだけのことだったのかと与六はすこし失望した。

（すると、やはり松原が殺したのかな）

与六は、その翌日から祇園界わいの聞きこみをはじめた。

知りたいのは、私闘のあった日、目撃者があったかどうかである。人通りの多い四条大橋付近のことだから、いくら日没前とはいえ、橋の下の数人の乱闘をたれも見ていないというはずはなかった。しかし、一人もなかった。

与六は、格右衛門が帳付けのために出入りしていた祇園の料亭《りょうてい》「あけぼの」を訪ねて、番頭に、格右衛門が当日、何刻《どき》ごろに店を出たかをきいた。

「安西さんにしてはめずらしいことどしてな。あすは休みたいゆえ、すこし根《こん》をつめようとお言いやして、裏の寺から日没偈《にちもつげ》がきこえるほんの前にお腰をおあげになりました」

その当時の刻限とほぼ同じ陽の高さをはかって、与六は祇園から四条大橋まで歩いてみた。

橋のたもとへつくと、まだあたりは明るかった。知恩院の暮の鐘が華頂山からきこえてきた。

このごろは、市中物騒とあって、夜歩きをする町家の者はまず居ない。しかし、京の四条大橋なのである。日没前に多少の人通りがあってしかるべきだろう。現に、何人かはあった。

(すると、あの日、あれだけの乱闘が橋下の河原でおこなわれたのを、たれも見なかったというのは、おかしい。嵐《あらし》のせいで、人通りが絶えたのやろか。それとも、松原さんの作りごとか)

与六は、川岸の先斗町《ぽんとちょう》の灯をみながら、松原忠司の口から、直接事情をきけない条件にあるのが、残念だった。せめて、自然な状態で会える機会をとらえたいと思った。

それより、まず、予備知識として松原の前歴を知りたかった。

この前歴の収集には、与六はずいぶんと苦労した。露骨にききまわるわけにもいかない。新選組の内部について、目明しがききまわっているという噂《うわさ》がたてば、隊士の激昂《げっこう》を買って与六の首は即刻とぶだろう。第一、そうなれば依頼者の土方自身が与六を生かしてはおかない。

二十七歳の松原忠司の平凡な経歴をあつめるのに、与六は、ひと月もかかった。つくづくとぶにあわない仕事だった。

松原忠司は、大坂天満《てんま》の青物商人の三男にうまれた。姓はない。父は丸屋長兵衛といい天満の青物商人のあいだでは、名の知れた仲買人であった。

忠司は、少年のころから、ひそかに武士になりたいと念願していた。幼名は平吉。しかし自分なりに武士らしく忠司とつけ、姓もそれらしくこしらえていた。父親はあきれて、「大きくなったら同心株でも買《こ》うてやるから、地道に商いを見習え」と叱《しか》って同業者のもとへ丁稚《でっち》にやったが、ほどなく逃げ帰り、京橋口の奉行所の付近にある関口流平野源内左衛門の道場に住みこみ弟子として入り、累年、修業をかさねた。

幕府の権力がうすれて、百姓町人でも大小二本を差せば、りっぱに浪人でとおる世の中なのである。

おなじ道場の通い弟子の一人だった大坂高麗橋《こうらいばし》の鍼医《はりい》林屋の息子が、山崎烝《やまざきすすむ》と名乗って京の新選組に入っているときき、それを頼って入隊した。入ってみると、町人あがりだといってべつに卑下するほどのこともなく、播州高砂《ばんしゅうたかさご》の塩問屋の息子もいたし、大坂の谷町《たにまち》の左官あがりもいた。隊士のなかでも、武州石原の百姓あがりだった。土方も素姓あいまいだし、局長の近藤勇自身が、庶人階級から出た者のほうが、劣等感と特別な自意識のために武士以上の武士らしいふるまいをした。町人あがりだといわれたくなかったからだろう。松原は、そういう気負組《きおいぐみ》のなかでも、一頭ぬきんでていた。

元治《げんじ》元年七月の蛤御門《はまぐりごもん》ノ変のときは大薙刀《おおなぎなた》をもって先鋒《せんぽう》を駈《か》け、元治元年六月五日の池田屋（三条小橋）の斬《き》り込みのときも、衆目にたつほどの働きをした。北辰《ほくしん》一刀流の使い手といわれた隊士藤堂《とうどう》平助が土州《どしゅう》浪士のために眉間《みけん》を割られたとき、松原は藤堂と背あわせで他の敵とむかいあっていたが、藤堂がやられたとみるや、自分の敵をすて、その位置で翻って藤堂の敵を斬り、再びむきなおって自分の敵の刃《やいば》を受けとめた。その間、一瞬だったという。

（仲間の評判もよい）

与六は、それほど武士がうれしくて有頂天に緊張している男が、安西を謀殺するような陰湿なことをするだろうか、と首をひねった。

ほどなく、松原と自然に対話できる機会をえた。与六がお茂代の家にあそびに行っているときに、松原が訪ねてきたのである。

「松原です」

格子《こうし》を開ける音を背で聞いて、与六は猫《ねこ》のような狡猾《こうかつ》さで（しめた）と思った。ふりむかずに、お茂代の表情をぬすみ見た。しかし与六の予測を裏切った。松原を迎えるお茂代の表情はなんの後《うし》ろめたさもなく、意外に明るかったからである。

「やあ、与六も来ているのか。お前のすまいはこの隣りやそうやな」

「左様どす」

またも、与六の職業意識が失望した。松原の笑顔はなんの屈託もなさそうなのだ。

（ひょっとすると、ふたりはまだ体のつながりはできとらんな）

松原はとりとめもない雑談をしてお茂代を笑わせ、ふと笑顔を与六にむけて、

「おれも副長助勤になった」

「左様だそうでございますな」

「伍長《ごちょう》以上は屯営《とんえい》の外で休息所をもつことができるのだが、おれにはまだきまる人がない。お茂代どのを妻に申しうけようと思うのだが、どんなものやろ」

「まあ、松原様」

お茂代は赤くなった。

二人の会話はまだ冗談の域を出ない。与六はそう見た。松原が話に疲れてくるのを見はからって、「話はかわりますが」とさりげなく、

「松原様は大坂の方ですから、諸国からくる人をたくさん見ていらっしゃいましょう。大坂のお人は、訛《なま》りに明るいと申します」

「たいていは、わかるな」

「では、安西様に狼藉《ろうぜき》した浪人は、どこの国の者でございました」

「それは」

松原は、急に不快そうな顔をした。

「土州者であった。おれはその日、祇園《ぎおん》の初音《はつね》という家で飲んでの帰路、彼等《かれら》をみた。かれらも、祇園のどこかで飲んでいたのだろうと思う。つけるともなしに、あとをつけた。おれは泥酔《でいすい》していたのだが、ふと気付くと、河原であああいう仕儀になっていた。酔いも一時にさめたよ。かれらにしても、意趣や遺恨の刃傷《にんじょう》ではなく、酔余の勢いというものではなかったか。いや、——こういう話はよそう。お茂代どのに悲しい思いをさせるばかりだから」

「もっともでございます」

与六は、翌日祇園へ行って、軒なみにお茶屋をたずね、華客帳《かかくちょう》をみせてもらった。なるほど、「初音」で当日松原は飲んでいる。しかしそれまではしばしばこの店に来ていた松原忠司が、あの日以降、一度も来ていないのがふしぎであった。よほど、なにかで精神に衝撃をうけ、この界わいには足をむけたくない、と解釈できまいか。

(ない)

土州者が、その日、ひとりも祇園の料亭にあがっていないのである。

華客帳というのは、そのお茶屋の心覚えの符牒《ふちょう》で書きとめておくことが多い。柳馬場のまる様、有職《うそく》あか様、長州杉《すぎ》様ほかお二人、壬生《みぶ》の斎様といったぐあいであった。いちいち指でおさえて確めても、土州の客はなかった。

――作り話やな。しかしなぜ松原さんはありもしない嘘《うそ》をつくのか。

その後、与六は二度ばかり土方と会う用事があったが、この件について、土方は何も言いださなかった。与六はそれをいいことに、調べを下っ引《したぴき》にまかせたまま捨てておいた。

「与六」

ある日、屯所の長屋門を出ようとしたとき土方とすれちがった。

「お前は京者らしく気が長いな」

「あ、あの件でございますか。なにしろ日が経《た》ってから調べはじめたものでございますから、ねたが腐っております。しかし、あれは松の字様ではございませんな」

「しっ」

「浮浪（勤王浪士）が酔ってのあげく、安西さんと喧嘩《けんか》におよんだのでございましょう」

「お前の目は、節穴だな」

「ははあ、節穴でございますかな」

眼《がん》がきかぬといわれるのは目明しにとっても道具屋にとってもこれほどつらい侮辱はない。与六はむっとした。

（よし、食い扶持《ぶち》を入れあげてでも調べてやろう）

与六が家に帰ると、下っ引が吉報をもちこんできていた。

「河原へ降りて小屋という小屋にあたってみたんです」

「雑人？」

人別帳にないその連中に話をきいたところで、奉行所では証拠にしない。つい習慣で、与六は彼らの存在を見落していたのだ。

「若州《じゃくしゅう》という男の話では、あの嵐《あらし》の日、河原で三人の武士が刀をぬいてもつれあっていたそうどす。一人は坊主頭」

「ふむ」

「一人は、のど一面に赤あざのある男どす。坊主頭は酔っていて、足もとがふらふらしていたそうどすな」

「赤あざは？」

「素面《しらふ》やったらしい。坊主頭が安西を斬《き》り、それを見て赤あざが逃げた、という段取りどす」

「坊主頭は？」

「安西をかついで駈けだした。そこからは、話のとおりですやろ」

「これで女郎《つじ》でも買え」

　ひねりを握らせて、与六は家をとび出た。こうなったらかまうもんか、と思い、松原に当って直《じか》の話をとるつもりだった。小走りに歩きながら、

（赤あざとは、野田治助に相違ない）

江州彦根《ごうしゅうひこね》の錺《かざり》職人のあがりで、剣道は柳剛流を使う一ぱしの剣客だった。

屯所へつくと、隊士の一人をつかまえて、松原の所在をきいた。

「おられぬ。たしか篠原《しのはら》助勤と島原の角屋《すみや》へ行くといって出られた」

角屋で、折りよく親しい隊士がいたので、

「松原様は？」

「いないよ。屯営の道場だろう」

屯所へもどってみた。

長屋門のそばにまださきほどの隊士がいた。

「松原様は道場だそうでございますな」

「そうか。おれは番をしとるわけではないからな」

ひどい南部訛りでいい、急になにを思ったのか、与六を物蔭《ものかげ》へ誘い、

「お前、ちかごろ、土方先生の御用が多いそうだな」

「桑原々々でございますよ」

「おそれることはない。おれは、平隊士ながら、土方先生にはおじきじきに可愛《かわい》がられている。――それと」

男はあたりにすばやく目をくばり、

「松原助勤をさがしていることと、なにか関係があるのか。松原さんになんぞ過失があったというううわさだぞ」

「存じませぬな」

与六は、男の手をすりぬけて、道場のほうへ行った。武者窓からのぞくと、松原忠司が元気そうに柔術《やわら》の稽古《けいこ》をつけていた。

町人だから、道場に入れない。与六は矢立を出して手紙をかき、ちょうど、松原と同輩の柔術師範頭篠原泰之進が出てきたので、それを托《たく》した。

与六は家へもどった。枕《まくら》を出させてぐっすり昼寝した。夕刻になってからむっくり起きあがり、

「おかね。酒を出せ。冷やで三、四杯持って来い」

「宵《よい》の口から、どうしたンどすえ」

「命がけの仕事をする」

「えっ」

「惜しくもないが、今宵で落すとなれば妙にお前のつらまで、きれいにみえてくるわい」

「お隣りの後家はんに色目を使うてお居なはるくせに、何をお言いやす」

「ふむ、お茂代さんか」

与六は、一杯、胃へ流しこみ、

「ええおなごやが可哀《かわい》そうに、男の真贋《しんがん》の区別を知らん」

「へええ。あんたが真物《ほんもの》？」

「わしか。わしは幸い真贋で騒がれるような男でなしに、ただの飯盛茶碗やな」

酒で勢いをつけて、与六は外へ出た。すでに足もとは暗くなっている。

壬生寺の境内に入った。

勅願寺で律宗の別格本山といえば聞えはよいが、天明八年の火災で堂宇は小さくなり、広い境内が徒《いたず》らに闇《やみ》のなかにひろがっている。

与六は境内の北にある墓地へ入った。月がある。青い光のなかを透かすと、そこに、無縁になった無数の石塔が塔状に積みかさねられていた。与六が指定したのは、その北側の苔《こけ》の敷いた地面である。——苔の上で、黒い影が動いた。

「与六か」

「左様で」

松原忠司である。

「なんの用なのだ」

「与六はな、斬られに来たんでございますよ。私がものを訊《たず》ねる。貴方《あん》さんが答える。気に入らなければ、いつなんどき、すっぱりやってもよろしゅうございますよ。ここは無縁仏の墓地で後生《ごしょう》にもええやろ。夜やから、目明し一人を斬った所で、たれも見てえへん」

「訊《き》け——」

「安西格右衛門様を斬ったのは、貴方さんでございますね」

「う?」

石塔に腰かけている松原が、夜目にも動揺したのがわかった。

「お刀《こし》を拝見ねがえませぬか」

「………」

松原は、息をつめて考え込んでいる様子だった。もう斬られるか、と思うと、額に、脂汗《あぶらあせ》がうかんだ。きらり、と松原の右手が動いて、白刃が与六の眼前でとまった。与六は身をかがめ、ゆっくりと用意の蠟燭《ろうそく》に火を点じた。

「相州でございますな」

「刀の鑑定《めきき》もするのか」

「いえ」

刃に丹念に火を這《は》わせていたが、やがて吹き消して闇をよび、松原の顔をみた。あきらかに人を斬った脂があった。松原はしばらく黙っていたが、やがて、

「人斬り稼業《かぎょう》の刀だ。脂が残っておらぬというがむしろ隊務懈怠《けたい》になろう」

「あのとき」

松原へ顔をよせて、

「土州者はおりませんでしたな」

「調べたのか」

「しかも、新選組の野田治助様がお仲間でございました」

「えっ、与六、たしかか」

松原が驚愕《きょうがく》したのは、このときであった。体がふるえていた。

「与六。なぜそんなことを調べる」

「このところ、土方様のご機嫌を伺うことが多うございました。お察しねがいます。悪いようには申しませぬ。この足で、お逃げなされませ。貴方さんは、どこぞの内儀に横恋慕し、夫を殺した上、親切ごかしに後家を蕩《たら》そうとしているのやそうでございます」

「おい」

どこかうつろな声で言った。

「お前を、斬らせてくれ」

「好きなようになされませ。しかし、これだけは申しあげておきます。京は、何百年もむかしから、力のある者が来ては栄え、亡《ほろ》んでいった町でございましてな。京に住む者は、何百年もそれを見てきた血の老舗《しにせ》でございます。与六は親代々の京者でございますから、どうやらこのごろの時勢では、ご公儀の世もしまいだということがわかるような気が致します。お逃げあそばすのが、いずれにせよ、上分別でございますな」

松原の刀が、だらりと垂れた。

「おれは青物屋の小僧あがりで、好きな一心で武士になった。それ以上の望みはない。このまま、どう朽ちてもええつもりや」

「それを申しあげたかっただけでございますから、退散いたします。ゆるりと歩きますゆえ、お気に召したら、お斬りなさればよろしゅうございます」

与六は離れた。

東高麗門《こうらいもん》を出るまで、背後の気配に注意していたが、ついに松原は打ちかかって来なかった。門を出たとき、さすがに汗が一時に出た。

(あの男、真《しん》か、贋《がん》かな)

今夜もとうとう答えを得なかった。

家へもどってから、与六は、あ、と声をあげた。

「どうおしやした」

「黙って」

与六は血走った眼《め》で考えこんだ。そうや、赤あざの野田治助が松原の連れであったはずがない、と気付いたのだ。祇園のどの旗亭《きてい》の華客帳にも、その名がなかった。かれは特別の目的で、別の方角から四条大橋で松原の背後から接近したのだ。

与六は、四条大橋の櫛屋《くしや》が野田の懇意の家であったことを思い出し、翌朝、行ってみると、果して、その刻限、野田が店先きの道を通り、通るときに店の奥をのぞいて声をかけて行ったことがわかった。

(わかった。野田は、土方の腹心やったな)

それで答えが出た。土方は、なにかの都合で松原をひそかに葬《ほうむ》り去らねばならぬ必要があり、その暗殺を柳剛流の野田治助に命じたのではないか。

(野田なら、やりそうや)

前例がある。副長助勤武田観柳斎が薩藩《さつぱん》に通じているという疑いで、竹田街道銭取《ぜにとり》橋の袂《たもと》で斬られたのも、密命を下したのは土方歳三であり、下手人は、隊の剣道師範斎藤一《さいとうはじめ》と野田治助だったといわれている。七番隊組頭谷三十郎が、理由不明で粛清され、祇園石段下で屍《しかばね》を横たえていたという件の執行者も、野田だったという噂《うわさ》があった。

(野田が、松原を斃《たお》そうと思って、いきなり背後から斬りつけた……)

与六は、安西格右衛門の最初の血痕《けっこん》があったという大橋東端の欄干のそばに立ちながら、考えた。

(ところが、松原忠司は泥酔していた。斬りつけられたとき、すぐ前へ飛んで身をかわしたが、そこは酔眼や。目の前の武士が、刺客《せっかく》にみえた。安西である。見境もなくその男を敵だと思って斬り下げた。最初は浅手だった。というのは、仰天した安西が、土手へ逃げ、河原へ逃げる力をまだ残していたから。——松原は追うた。野田も、そっとあとに続いた。松原は河原で安西を斬った。事の意外におどろいた野田は、他日を期して、とりあえず身を潜《ひそ》めてその場から消えた)

死骸《しがい》を安西の家へ担《かつ》ぎこんで遺族であるお茂代の顔をみたとき、人情で、自分が殺したとはいえなかったのだろう。

ましてお茂代に好意を抱きはじめてからは、いよいよ自分が亡夫の仇《かたき》であるとはいえなくなり、その自責の念から、必要以上にお茂代に親切にした。むろん、土州者が斬ったというのはそういう嘘《うそ》をかくすための出まかせにすぎない。

あのとき松原は赤あざの野田治助の存在に気付かなかった。気付かなかった一事でも、現場の松原はしたたかに酔っていた。

(罪は、松原に斬りかけた赤あざにある。松原はたしかに下手人やが、酒で胡乱《うろ》が来ただけのことや)

とはいえ、べつに証拠の薄い話だから、与六はこのままを土方に伝えるわけにはいかなかった。

与六は、前川屋敷へ参上した。一刻《にじかん》ばかり待ったのち、土方が縁へ出てきた。

「やはり、松原様が下手人のようでございますな」

「与六。ここは新選組だぞ」

「は?」

「隊士が、隊命により、あるいは武士の意地によって人を斬るのは当然なことだ。下手人を訊きたいのではない。松原が武士として破廉恥《はれんち》な振舞があったかどうかについて訊いている」

「ございませんな。お茂代との仲は、一件から後でございますよ」

「もっと調べろ」

「間違いはございません」

「調べるのだ」

土方は冷たい顔をした。与六は力なく屯所《とんしょ》を出た。

(妙やぜ、これは)

松原が下手人であることは、はっきりしているのだ。しかも破廉恥な謀殺ではない。事件はこれで落着しているではないか。

(土方さんには、べつの目的《めあて》があるな)

与六は、これ以上立ち入ると飛んでもないことになりそうに思われた。

(さわらぬ神に崇《たた》りなし。壬生浪《みぶろ》はやはり鬼門やな)

坊城から高樋町《たかひちょう》までもどってきたとき、不意に後ろから松原が呼びとめた。ふりむくと、坊主頭が意外に元気そうに笑っているのだ。

「松原さん、隊務はどうしたんどす」

「気分がわるいので、休むことにした」

「土方《ひじかた》様の許可《ゆるし》は？」

「無駄《むだ》だよ」

「わるい料簡《りようけん》どすな」

「そんなことより、おれは本当にお茂代に惚《ほ》れてしまったらしい。きょうは、格右衛門をやったのはおれだ、と打ちあける。仇を討てという。討たれてやるのが、おれのお茂代へのまことと心だ」

（なるほど、この男は贋《がん》ではなかったな）

与六は、にわかに松原の広い肩を撫《な》でさすってやりたいような、しみじみとした気持が胸に満ちてきて、

「貴方《あん》さん、話がある」

と、自分の住いへ連れこんだ。

「お茂代はんとお逃げやす。あとは私がひきうけよう」

「なぜ逃げねばならん」

松原は、けげんな顔をした。

「――それは」

与六は土方の執拗《しつよう》な態度を伝えようと思ったが、咽喉《のど》まで出ている言葉をあやうく呑《の》みこみ、

「私も目明しどすさかいな。口に出せぬことがある」

「なあに、心配はいらん。みろ、与六」

松原は、正座したまま、足をはねあげて跳びあがり、宙でくるりと一回転して再び正座し、数度、くるくるとその奇妙な動作を繰りかえして、

「おれはこれほど喜んでいる。うそをついているのは苦しかったぞ」

根は単純な男なのだ。笑顔を残して、隣家へ去った。

日が暮れてから、もう一度、松原がやってきて、土間の暗がりへ与六を呼んだ。

「打ち明けたぞ」

「どうでございました」

「ところが、お茂代はとっくに気付いていた。おれが事情をいうと、やむをえませぬ、夫はいわば不運でございましょう、と許してくれた。おれは位牌《いはい》にわびた。しかし、おれは苦しい。打ち明けた以上、まさか、お茂代とは夫婦《めおと》になれまい」

「ほう、夫婦事《みょうとごと》はまだやったのでございますか」

「ばかめ。おれはそこまで悪人ではない」

松原はそうは言ったが、やはり男女の仲は勢いがつけばどう仕様もないらしく、その後与六がそれとなく注意している所では、どうやら二人はその夜を境に出来てしまったようだった。与六は、一方では軽い嫉妬《しっと》をおぼえ、一方で松原とお茂代のために

祝福したいような気持にもなった。

ある日、屯所へゆくと、例の噂話《うわさばなし》の好きな南部訛《なま》りの武士が寄ってきて、

「松原助勤は、とんでもない手だてで女を寝とったらしいな」

「はて」

「とぼけるな。みんな知っている噂だ。しかも、お前がそのことで聞きまわっていたことも、平隊士のはしばしまで知っている」

(あっ)

土方が執拗に与六に調べさせたのは、事実を明らかにするよりも、与六を動きまわらせることによって、噂をひろめるためだったのだ。噂の中で、松原を孤立させるためではなかったか。

「篠原《しのはら》助勤もいっていた。おなじ柔術師範として忠告をせねばならぬ、とな」

(これは、いかん)

あわてて篠原をさがそうとしたが、運わるく、つい先刻、伏見の奉行所へ出張したばかりだった。

慶応二年四月二十日、新選組柔術師範頭松原忠司は、お茂代と心中した。

土方が捏造《ねつぞう》した噂がついに松原の耳に入り、それに追いつめられた結果だった。

場所は、お茂代の家である。隣家の与六がまず発見した。現場は、凄惨《せいさん》な状態だった。松原はお茂代の頸《くび》を柔術の手で締め、そのあと、脇差《わきざし》で自分の腹を割《さ》いた。肥満しているために腹を数度掻《か》きさき、なお死にきれずに頸動脈《けいどうみゃく》を断って、すさまじい血を壁に吹きかけていた。お茂代はむしろ幸福そうな死顔をみせて仰臥《ぎょうが》していたが、松原はよほど苦悶《くもん》をしたのか相好《そうごう》が一変していた。

（武士になんぞならずに、八百屋で一生を送っていたら、こんなばかな死にざまをせずに済んだのに）

与六は、涙がこぼれた。おりから壬生寺の方向から、鰐口《わにぐち》や、太鼓の陽気な音がきこえてきた。町内の衆が囃子《はやし》の稽古《けいこ》をしているのだろう。あすから壬生狂言がはじまることを、与六はおもいだした。

（「別冊週刊朝日」昭和三十五年十一月）

八《や》咫《た》烏《がらす》

その夜、海族《わだつみぞく》の植民地である牟妻《むろ》の国（紀州のうち）勝浦《かつうら》の沖合に、おびただしい数の火がうごいた。火のむれは、水平線にならび、やがて数点ずつくずれて浜辺にちかづいてくるのを、八咫烏《やたがらす》は、自分の穴のある岡《おか》のうえから見つめていた。

火を見るとふるえるたちだった。厚い胸に動悸《どうき》がうち、歯が音をきざんだ。火のおそれだけでなく、その火が、今夜から自分の運命をねじまげてしまいそうな予感が、しきりとした。

八咫烏は浜辺におりた。この浦の海族の男女のすべてが、浜に出ていた。かれらは、出雲族《いずもぞく》の血のまじっている八咫烏をみると、露骨に眉《まゆ》をしかめ、ある者はつばを吐いた。八咫烏は、かれらの集団から離れて、そっと砂地にすわった。

あたりが、急に明るくなった。浜辺の海族が、夜空に沖《ちゅう》するような火をたきはじめたのである。

沖合の火は、船であることがわかった。船団が浜辺についたとき、海族の男女は、どっと歓声をあげた。

船から、つぎつぎと人がおりてきた。弓と鉾《ほこ》をもっていた。どの男も背がひくく、黒い肌《はだ》と彫りの深い顔をもち、股間《こかん》を麻布でしばりあげていた。言葉をきくまでもなく、浜辺の男女とおなじ種族の海族と知れた。女もいた。子供までいた。

（どこからきた人間だろう）

八咫烏が不審がっているまに、海からきた人間と浜辺の人間とが、にぎやかな交驩《こうかん》をはじめた。たちまち、火をかこんで歌垣《かがい》がはじまった。女の悲鳴がきこえ、男の哄《こう》笑《しょう》がきこえた。が、八咫烏はひとりだった。ゆっくりと背をみせて、岡のうえの穴にもどろうとしたとき、

「おい」

と声をかける影があった。ふりむくと、この牟婁の海岸植民地族を宰領する猿田彦《さるだひこ》が立っていた。

「話がある。こう、すわれ」

猿田彦は、目が二重まぶたで大きく、鼻梁《びりょう》が突き出、顔が赤く、海族の典型的な風ぼうをしていた。

「東から陽《ひ》が出て、もう一度東から陽が出れば、あれらは、ヤマトへむかって出発する。ヤマトに棲《す》む出雲族を討つ。お前は、案内役になる」

「わしが？」

「お前は、出雲族だからな」

「いや」

八咫烏は、泣きだしそうな顔で、追従笑いをうかべた。

「わしは、海族だ」

「どちらでもよい」

猿田彦は軽侮するように、

「お前は出雲の言葉がわかる。それに、熊野《くまの》で山仕事をしている男だから、ヤマトへ行く道も知っていよう。あの連中を先導せい」

「あの連中、とは?」

「日向《ひむか》の海族だ」

遠いむかし朝鮮から渡ってきた出雲族は、出雲に本国をもち、吉備《きび》やヤマトを植民地にして豊穣《ほうじょう》な土地を耕していた。海族は、そのヤマトの豊かさを、執拗《しつよう》な民族の意志であこがれつづけてきた。

日向は、海族の本国とでもいうべき土地なのである。かれらは、はるかな過去に、わにの棲む南海の島からきて日向に土着し、ヒムカ、サツマ、トサ、クマノといったふうに黒潮の洗う海岸地方に植民地をたてた。猿田彦は、本国の日向海族からみれば、熊野の植民地都督とでもいうべき位置にある。

猿田彦の語るところでは、日向海族はイワレ彦にひきいられ、いったんナニワの津から上陸し、葦《あし》をわけ山をこえてヤマトに侵入した。しかし、クサエ坂の一戦で、出雲族の首領長髄彦《ながすねひこ》に撃退された。

敗走してふたたびチヌの海に船を浮べた海族の軍団は、そのまま海を南下し、熊野の植民地軍と合流するためにこの浦に上陸した。

かれらのあたらしい作戦は、この浦から、熊野の重畳たる大山塊を踏みこえ、ヤマト出雲族をその腹背から衝《つ》く。都督猿田彦は、その熊野の道案内と、ヤマトにおける通訳のために八咫烏をえらんだのである。


八咫烏は、この浦でただひとりの、出雲族と海族との混血人であった。母は、もとはヤマトの宇陀《うだ》という国に住んでいた巫女《みこ》で、宇陀の巫女団のあいだに争いがおこり、どういう経路をたどってか、のがれてこの牟妻の海族の国に流れてきたという。

異人種の里では、この女を虐待《ぎゃくたい》した。この部落では、部落の東のはしの岩磐《がんばん》に男根と女陰をきざみ、その前に神籬《ひもろぎ》を作って、部落を守護する神聖な場所としていた。その陰陽彫刻から部落の地理がはじまる仕掛けになっており、その垣内《かきうち》に異人種がはいるのを極度にきらった。

この土地では、熊野の山なみがほとんど海岸にまで押しよせ、その山と海に、ほとんど一年じゅう明るい太陽が照りつけていた。海岸線に海族がすんで漁《すなどり》をし、出雲族の女ただひとりは、けがれたる者として、山に穴を掘って住まわせられた。

たれも、女の住む山の横穴に近づく者はなかったが、絞股藍《あまちゃづる》の実の色づくころ、女は懐妊し、やがて出産した。八咫烏であった。父はわからない。

八咫烏は、生長するとともに、母方の血である出雲族の特徴を帯びはじめた。ほお骨が高く、鼻がひくく、目がひと重まぶたで、背が高かった。父方の海族の血をひく特徴としては、皮膚が赤銅色《しやくどういろ》をしている程度であったが、それでも八咫烏は、自分が出雲族であるといわれることにはげしい屈辱をおぼえ、どの場合も、――おれは海族だと云《い》い張った。

母は、十五歳のとき死んだ。八咫烏が母から相続したものは、賤民《せんみん》の名と、岡の上の横穴だけであった。

八咫烏は、自分ではあくまで海族のつもりであったが、この海族の海岸植民地では、たれもかれを出雲族としかあつかわなかった。

八咫烏に性欲がおとずれる年ごろになっても、かれ一人は、若衆組《わかしゅぐみ》にも入れてもらえなかったし、海族の娘と口をきくことさえ、ゆるされなかった。

若衆組の小屋は、海岸の砂地に立てられた床の高いわら小屋で、年ごろになった若者がそこで共同生活するのが、海族の風習であった。ときどき、男女が終夜火をかこんで踊りうたい明かすかがいが催された。どの場合も、八咫烏だけは、岡の上から賑《にぎ》わいの火をながめている存在以外の、どういう行動もゆるされなかった。

八咫烏は、海族の娘のうち、「ヲ」という名の女に恋いくがれた。あるかがいの夜、八咫烏は、膝《ひざ》を折って歩き、かがいのむれの背後にひそむことができた。「ヲ」の小柄《こがら》な影が、ちょうど八咫烏の目の前にきた。かれは、まず大きな掌《て》で「ヲ」の唇《くちびる》をおさえ、小わきにかかえて、暗やみを走りだした。幸い、たれも気づかなかった。

自分の横穴に「ヲ」を連れこんだとき、八咫烏はすでに正常な自分を失っていた。「ヲ」の衣服をひき裂き、泣き叫ぶ女のほおをはげしく搏《う》ち、のど笛をおさえながら、女を犯した。犯しおわったとき、女はもはや仮死状態にあった。

女は、目をさました。自分の体が、神と血すじのちがう男の精液でけがされてしまっていることに気づいたとき、目にきらきらと青いものが燃えるような表情で、怒り、ののしった。

八咫烏は、別人のようになって、女の前にゆるしを乞《こ》うた。平伏した。穴のなかでころがりまわりながら、

「わしは、出雲族ではない」

と叫びつづけた。——海族の若者なのだ、だから、海族の娘を抱く権利があるし、自分の精液はけがれてはいない、と云った。だが、女はゆるそうとはしなかった。八咫烏が、許しを乞うために「ヲ」の足に触れようとした。「ヲ」は、眉《まゆ》をしかめて飛びすさった。そのとき、「ヲ」の掌に、石を結《い》わえつけた棒がふれた。「ヲ」は、それを力一ぱい、八咫烏にふりおろした。

八咫烏は、頭をかかえこみ、ひざまずいたままの姿勢でそれを受けた。女は、何度もそれをふりおろした。八咫烏は無抵抗で、ただ泣き叫んだ。手の甲から血が流れ、背中がやぶれて、肉がみえた。

八咫烏のなかに、いつも屈辱が住んでいた。が、屈辱は憤《いきどお》りとならずに、卑屈なほどの微笑になった。かれは、いつの場合も、海族たちの機嫌《きげん》をそこなうまいと、膝を屈するような歩きかたをして、海族の男女をみれば素早く微笑した。

(おれは、——海族だ)

八咫烏は、自分の半分の血を、祈るような気持で強調していたが、かれのもつ人の良さや、温和さや、卑屈さ、如才なさ、迎合主義は、皮肉にも、出雲族のみがもっている性格そのままであった。剽悍《ひょうかん》で単純で熱情的な海族たちは、八咫烏の混血問題よりも、かれのそういう臭気を生理的にきらったのだろう。

それほど嫌《きら》われているわりには、海族は八咫烏に対して、さしたる迫害もしなかった。ひとつには、八咫烏をおそれてもいた。怖《おそ》れられる理由は、十分にあった。この出雲族の混血児は、背は海族の小屋の軒先きにとどき、その腕の力は、素手で猪《いのしし》をなぐり殺したほどの強さをもっていた。八咫烏は、いわば英雄的な図体《ずうたい》のなかに、卑屈な感情だけを詰めこんで、三十歳の年齢をむかえた。

猿田彦都督が命じた先導人の仕事は、八咫烏を狂喜させた。はじめて海族の仲間に加わり、かれらの仕事に参加できるからだ。

「出雲族、討つべし」

神籬《ひもろぎ》より中に入ることを許されたかれは、部落のなかを歩きまわりながら、海族のたれかれをつかまえては、そう叫んだ。出雲族を討つ仕事に、出雲族とそっくりの顔をしたこの男が、海族《わだつみぞく》のたれよりも熱心そうにみえたのは、むしろ皮肉だった。

猿田彦が八咫烏《やたがらす》に命じた翌日、日向本国軍に協力する植民地軍の編成がおこなわれた。その植民地軍の隊長が赤目彦《あかめひこ》であると発表されたとき、八咫烏ひとりは、かなしげな顔をした。

赤目彦は二十八歳の壮漢で、膂力《りょりょく》は牟婁《むろ》の海岸国家随一といわれ、剽悍で闘志にみち、鉾《ほこ》にも弓にも長《た》けていた。それはよかった。ただ一つこまるのは、この男が部落でももっとも出雲族に対する偏見がつよく、八咫烏をさげすみ憎むことがはなはだしかったのである。

少年のころ、八咫烏は、赤目彦のいばりを飲んだ。いばりを飲めば仲間に入れて遊んでやるというので、八咫烏は口の中にそれを受けた。赤目彦は、

「海族のいばりを飲めば、お前の血はだんだん海族の血になれるぞ」

ともいった。八咫烏はそれを本気にして、むしろ進んでそれを飲んだ。赤目彦のいばりだけでなく、かれが引きつれている少年のいばりまで飲んだ。

「飲んだから遊んでくれ」

「いかん。いくら飲んでも、まだお前は出雲族の顔をしているじゃないか」

いつも、すかされた。一度も遊んでくれたことがなかった。

長じてからも、それに類する事例は、八咫烏がいちいち覚えきれないほどあった。

赤目彦は、まなじりがいつもただれたように赤かった。その目が八咫烏をみるとき、いつも蛇《へび》のように光った。見すえられると、八咫烏は身のすくむ思いがした。

海族が、牟婁の海岸を出発したのは、雲ひとつない真夏の朝だった。部隊の先頭には、植民地軍が先鋒《せんぽう》をつとめ、本国軍の男女がそのあとにつづいた。いつも八咫烏の長身の姿があった。

　難路だった。

というより、道がなかった。蔓《つる》を断ち切り、枝を切りはらい、道をつくりながら、一日に数丁しかすすめぬ日もあった。

「おれの荷を負え」

赤目彦隊長が、八咫烏の背中に、自分の荷物を背負わせた。

「ええですとも」

八咫烏はすでに自分の食べものを背負い、他の海族の機嫌をとるためにいくつかの菰包《こもづつ》みを体にしばりつけていた。赤目彦の荷を背負うと、肌《はだ》がみえないほどにうず高くなったが、それでも八咫烏は上機嫌であった。

「ええですとも」

大荷物を二本の脚でささえながら、両手に銅の大斧《おおおの》をにぎり、蔓を断つために間断なくふりおろしては進んだ。

疲れてくるとさすがの八咫烏も、尻《しり》もちをついて空を見ることがあったが、赤目彦は、先導人が休んでいると全軍の進行が途方もなく遅れてしまうような錯覚をもつらしく、

「休むな」

せきこみ、

「立って、働け」

と叫んだ。

宿営するときは、赤目彦は、八咫烏を海族の集団のなかに入れなかった。牟婁の浦でもそうだったように、八咫烏ひとりは、離れた樹《き》の下にしとねをつくり、ひとり寝た。食べものも、ひとりであさった。馴《な》れているから、淋《さび》しくはなかった。

十日目あたりから、海族のあいだで、落伍者《らくごしゃ》が続々と出た。

浜仕事に長じたかれらは、山歩きにまったく馴れないようだった。この軍団のなかで、山に習熟した人間は、八咫烏ただひとりだった。八咫烏の日常は、山で鹿《しか》や猪や

山ノ芋を獲《と》っては、浜の海族と交換して生活をしていた。

「背をかせ」

疲れた海族たちは、八咫烏のそばにむらがってきた。

「ええですとも」

上機嫌だった。そういうときだけでも、海族の一員として自分が遇されていること に、八咫烏は満足していた。

八咫烏は、あえぎながら歩いた。すこしでも余力が残っていると、

「出雲族、討つべし」

と、愛嬌《あいきよう》をふりまいた。

ある日、赤目彦が、ひとりの疲れきった男をつれてきた。としはもう初老にちかいらしく、貧弱な顔と体をもっていた。

「存じあげているだろう。イワレ彦様だ」

本国軍の司令官イワレ彦で、小さな神秘的な目をもっていた。作戦能力よりも、むしろその祈禱力《きとうりよく》で司令官に推されている男であるようだった。

「ひどくお疲れのご様子だから、肩におのせ申しあげろ」

「ええですとも」

八咫烏は、よろこんだ。うれしまぎれに飛びあがったために、不覚にも足がもつれ、あおむけざまに倒れたほどであった。

八咫烏は、イワレ彦を背負って歩いた。さすがのかれも、荷物と人間を背負って道を切りひらきつつ一寸きざみに歩くこの難行に疲れはてはしたが、ひどく満足したのは、このイワレ彦という行者が、あまり八咫烏の混血に対して偏見をもっていそうにないということであった。たった一言だったが、かれに労《いたわ》りの言葉をかけてくれたのだ。

「疲れるだろう」

(ああ、この人は、人でなく神様にちがいない)

事実、本国軍の海族たちは、イワレ彦を神様のようにあつかっていた。神と通話できるのは、この男だけだったからだ。

夜になると、イワレ彦は、そのあたりの一番高い岩場へゆき、神籬《ひもろぎ》をつくり、火をたいて神に祈った。

星空から神がふり降りてきて、この男のからだにやどるようだった。そのつど、はげしく慄《ふる》え、あらぬことを口走った。岩場の下にいた海族たちは、その言葉を神の言葉であるとした。

この男を背負うようになってから、八咫烏の立場は、飛躍的によくなった。かれは、神の乗りものというわけだった。

尾根の熊笹《くまざさ》の原をわけてすすむときなど、遠くからみると、小柄《こがら》な神が、巨大な鳥にのってひらひらと飛んでいるようにみえた。

「八咫烏よ。それではむりだ。荷物だけはおれが背負ってやろう」

本国軍の兵隊が、気前よくそう云ってくれるようになった。

「八咫烏よ、このしし肉を食え」

それも、本国軍の兵隊だった。植民地軍のほうは、かれの素姓《すじよう》にくわしいだけに、その差別をやわらげようとはしなかった。

三十日目に、やっと、岩肌が天空につきささっている峰にまでたどりついた。後の世になって、大峰山、三上ヶ岳といわれるようになった地点である。ここから、まだ三日行程ほどの山岳がかさなっているとはいえ、この先きはすでにヤマトであり、山岳地帯には少数の土蜘蛛《つちぐも》族《ぞく》が住み、平野地帯には、おおぜいの出雲族がすんでいた。

しかし、いかに剽悍《ひようかん》とはいえ、人数のすくない海族の軍団が、あの平野の出雲族をのこらず平らげることができるだろうか。それが、イワレ彦の心痛のタネであるようだった。

イワレ彦は、岩磐のうえへのぼって、ひと晩じゅう祈っていた。そのあと、イワレ彦は参謀格のクメという男と、ながいあいだ協議していた。

「八咫烏」

赤目彦が、いまいましそうな顔で、杉《すぎ》の木の下に寝ていた八咫烏を呼びにきた。

「イワレ彦様がおよびだ」

八咫烏は赤目彦にともなわれて、岩のうえへよじのぼった。

イワレ彦、クメ、赤目彦、八咫烏の四人が車座にすわった。

「出雲族、討つべし」

八咫烏は、すわるなり、満足そうに口ずさんだ。出雲族を討つ四人の重要人物のなかに、いつのほどか自分が入りこんでしまっていることが、ひどくうれしかったのだ。

「出雲族、討つべし」

「討ちてしやまん」

イワレ彦が、おごそかに言霊《ことだま》を和したあと、一同を見まわし、

「ヤマトの出雲族には、八十梟師《やそたける》もいるし、猪祝《いのはふり》や居勢祝《こせのはふり》などあまたの酋長《しゅうちょう》がいるが、所詮《しょせん》は、鳥見《とみ》の長髄彦《ながすねひこ》ひとりをうち倒せば、群小はおのずとなびく。まず、戦法としては群小のうちとくに弱い者を討つ。十分に海族の武威を示してから、長髄彦の降伏

をすすめるのだ。勧降使として、とくに、八咫烏と赤目彦をえらぼう」

「ええですとも」

八咫烏は、こぼれるような微笑とともに、うなずいた。イワレ彦は、

「じつは、ヤマトには、たったひとり、海族の者がすんでいる」

「ほう」

「饒速日《にぎはやひ》という者だ。この者は土佐海族で、長髄彦の食客になっている。八咫烏と同行する赤目彦の役目は、この男を、同族として口説くのだ。つまり、もし長髄彦が降伏に肯《が》じなかったならば、斬《き》れ、と。わかったか」

「はい」

「八咫烏には、まだほかに役目がある。——お前の母親は、出雲族で、しかも巫女《みこ》であったな」

「…………」

八咫烏は、悲しげな顔をした。すでに海族になりきっているかれは、そのことは思いだしたくなかったのだ。

「その縁故でなら、その女とも容易に会えるだろう。その女に会うために、宇陀《うだ》へゆく」

「その女とは？」

「天鈿女《あめのうずめ》という。出雲族の巫女の棟梁《とうりょう》をしている大巫女だ。——わかったか。わかったら、あの言霊を云え」

「出雲族、討つべし」

「討ちてしやまん」


牟婁からはじまる熊野一千峰の山塊は、山脚をヤマトの吉野川に洗われて、はじめて停止する。その吉野川の上流に、土蜘蛛という穴居人《けっきょ》たちがすんでいた。

土蜘蛛たちは、断崖《だんがい》の穴からぞろぞろ出てきて、北上する海族を歓迎した。

土蜘蛛は、背がひくい。頭だけがどれもこれも異様に大きく、手足が毛深かった。かれらのたれもが、自然を愛する哲学と、瞑想《めいそう》的な小さな目をもち、出雲族がすでにわらで屋根をふく快適な家にすんでいるのを知っていながら、いまなお穴居をすてないほどの保守主義者だった。

穴の入口にヒサシをつくり、ヒサシを蕗《ふき》の葉《は》でふき、穴に朝日がさすと、川へおりて漁《すなどり》をした。

自分たちの遠い先祖がどこからきたのかは、かれらは記憶していなかったが、先祖の智恵《ちえ》が生んだらしい独特の漁法をもっていた。鵜《う》を飼い、それを馴《な》らすことによって、川魚をとるのである。

恭順のしるしとして、かれらの鵜に獲《と》らせた鮎《あゆ》を献上してきた。酋長の名を、一言《ひとこと》主《ぬし》といった。五十年配の思慮ぶかそうな男で、

「出雲族を討つなら、道案内しよう」

と、ついてきた。

このキノコのばけもののような形をした種族の酋長を、八咫烏はあまり好かなかった。なぜならば、この男はイワレ彦の顔をみるたびに、

「出雲族、討つべし」

というのだ。八咫烏のおかぶをうばったかたちだった。八咫烏とちがう点は、用もないのに愛想笑いをしないだけで、強者に媚《こ》びる少数民族の自然な智恵を、その大きな頭のなかに備えているかのようだった。あるとき、

「一言主命《ひとことぬしのみこと》よ。なんぞ、お前は出雲族にうらみでもあるのかね」

とたずねてみた。一言主は、八咫烏の扁平《へんぺい》な顔を疑わしそうに見て、

「お前は、まさか出雲族ではあるまいな」

「おれは、れっきとした海族だ」

「ならば、云《い》うが」

一言主は、出雲族の言葉を使って、ゆっくりと物語った。

「もともとは、このヤマトはわれわれ土蜘蛛の先祖の国だったのだ。むかし、出雲や吉備《きび》から、白い麻の服をきたあの種族がやってきて、じりじりと奪いとった」

「たたかいをしたのか」

「するもんか。あいつらは、戦うより働くのが好きだ」

一言主は、憎々しげに、唾《つば》をはき、

「モグラのように地を掘り、タネをまき、兎《うさぎ》のすむ葦《あし》の原を畑や田にして、いつのまにか鹿《しか》や兎の棲《す》めないようにしてしまった。われわれは、だんだん山地のほうへ追いつめられた」

「それを恨んでいるのかな」

「あいつらはわれわれを侮蔑《ぶべつ》して、土蜘蛛とよぶ」

「土蜘蛛ではわるいのか」

「国樔《くず》の人だ。出雲族が、われわれを人間のあつかいにしない。あいつらの祭に国樔びとがまぎれこむと、神がけがれるといって半殺しにするし、一緒にめしも食わない」

「わるいやつらだ」

といってみたが、一言主のいきどおりをきいていると、八咫烏の頭は次第に混乱してきた。――ヤマトにおける土蜘蛛の位置は、牟婁の海岸国家における自分の位置とそっくりではないか。――しかし、八咫烏は、

(海族の連中も、おなじことだ。わしは、それでひどい目にあってきた)

とは云わなかった。そう考えもしなかった。というのは、八咫烏は「自分は海族だ」と思いこむことに躍起となっていたし、そう信ずることが信仰に近いものになっていた。また、そう思いこむほかに、三十年海族の国で生きてきた八咫烏には立つ瀬がなかったからだ。――八咫烏は、土蜘蛛の酋長のほうをふりむき、ゆったりと優越感にみちた微笑をうかべて、

「われわれ海族は、そんな差別はしないよ」

といった。笑顔で云ったつもりだが、泣いているような顔にみえた。

吉野の樹林にひそんでいた数千の海族は、月の夜をえらんで、一挙に平野におりた。

戦いがおこった。

というより、殺戮《さつりく》がおこなわれた。海族は手に手にたいまつをかざし、手近の部落に乱入すると、手あたり次第に放火をし、おどろいて飛び出してくる出雲族の群れのなかで、女だけを選《え》りわけてゆるし、男は殺した。

まるで、鎌《かま》で草をなぐようなすばやさで、出雲族の首を刈りとってゆくのだ。

八咫烏は、戦慄《せんりつ》した。

血のにおいを嗅《か》いで出雲族本来の臆病《おくびょう》な血がよみがえったのかもしれないし、また、牟妻でうまれたくせに、海族の戦いぶりを目の前で見るのははじめてだったのだ。

一言主は、落ちついていた。いや、頭が大きいために落ちついているようにみえたが、みじかい足が、膝でふるえていた。一言主は、

「海族は、首を刈りとるのが好きか」

と、八咫烏をふりかえってみた。

「さあ」

「首をとって、どうするんだろう」

「知らんな」

「八咫烏」

一言主は、じっとのぞきこんで、

「お前は、海族ではないな」

「おれは海族だ」

「混血だろう。生粋《きっすい》の海族なら、いまごろこんな所で立っているより、首をとりたくて駈《か》けだしているはずだ」

また住居が一つ、燃えあがった。ふたりは、もくねんとそれを見つめていた。

火を背景に、海族の黒い影が駈けまわっていた。長いつるぎを、もろ手で間断なくふりまわしては、逃げまどう出雲族を襲った。斃《たお》すと、すぐ首を刈りとった。

目の前を駈けすぎる牟婁海族たちの顔を八咫烏はたいてい知っていたが、かれらが、人相を一変させて出雲族におどりかかっているのをみて、骨の凍るような恐怖をおぼえた。

なぜ、海族をみて恐怖を覚えるのか。八咫烏自身にはわからない。

ひとつには、首を狩られてゆく出雲族が、自分の顔によく似た首をつけているからでもあろうし、もう一つには、殺戮に熱狂する海族の姿に、おぼろげながら、自分とはちがう人種を感じたからでもあろう。それは、虎《とら》の子にまじって育った猫《ねこ》の子にでも訊《き》かなければ、わからない恐怖かもしれない。同族だと思っていた虎の子のなかに猛獣を発見したときの猫の恐怖が、いまの八咫烏の恐怖に似ていた。

腰を蹴《け》る者があった。赤目彦隊長が、皮肉な顔で立っていた。

「なぜお前は戦わぬ。お前は、海族のはずではなかったか」

「わしは海族です」

「それならば、来い」

八咫烏の腰ひもをにぎって、赤目彦は修羅場《しゅらじょう》に連れて行った。

どの部落も、ほとんど焼けおちて、火のなかを跳梁《ちょうりょう》しているのは海族ばかりだったが、それでも、逃げ遅れた出雲族が、ときどき樹の闇《やみ》のなかから飛びだしてきて、海族の兵を襲った。

「そら、あいつだ」

どんと、八咫烏の腰を蹴った。その出雲族は、恐怖に顔をひきつらせて八咫烏をみたとき、

「おお」

と安堵《あんど》した声をあげた。同族だとおもったのだ。

「ちがう。わしは海族だ」

出雲族とまちがえたこの敵に、屈辱とはげしい憤りをおぼえ、思わずつるぎをふり

あげたとき、その剣の下で男はぎゃっと叫んで、闇のむこうへ逃げた。八咫烏が追おうとした。しかし、袖《そで》をつかむ者があった。一言主だった。

「追わんでも、ええ」

お前の気持はわかっている、無理をするな、といった分別くさい表情だった。その分別くささが、八咫烏には腹立たしくもあり、情けなくもあった。

「わしは、海族だぞ」

「そうだ、わかっている。お前は海族だ」

一言主は、老人が孫でもあやすようないたわりぶかさで、何度もうなずいた。

ヤマトの南部の酋長《たける》、兄猾《えうかし》、弟猾《おとうかし》の国は、たった一夜で覆滅することができたが、他の地方は、そうはいかなかった。すでに海族来襲をきいて、準備をととのえていたからだ。

それでも、剽悍無類の海族は、少数をもって、国見岳の八十梟師《やそたける》、磐余邑《いわれむら》の兄磯城《えしき》、猪祝《いのはふり》、居勢祝《こせのはふり》、新城戸畔《にいきのとべ》などをつぎつぎと降《くだ》して行き、ついに、ヤマト中央部で、長《なが》髄彦《すねひこ》の大軍と対峙《たいじ》した。

「こんどは、手ごわいぞ。いままでのようには、行くまい」

岡《おか》のかげにかくれながら、一言主は八咫烏に云った。

川をはさんで、むこうに長髄彦の大軍がみちみちている。はるかに葛城《かつらぎ》の連山が、朝もやの中にけむっていた。

(勝てるかな)

八咫烏は、心配になってきた。長髄彦の軍勢にくらべて、海族は半分の人数もないのである。それでも、葦《あし》の間でたむろしている海族の戦意はいよいよ盛んで、血に飢えて鉾《ほこ》を天に突きあげている者さえあった。

最初百人が渡河した。

たちまち射すくめられて、二十人ばかりが死体となって流れたが、渡河部隊は意にも介せず突きすすんで、上陸するや、数十倍の敵のなかにあばれこんだ。対岸からみると、長髄彦部隊の白い麻服のなかに、赤銅色の素裸の海族が、ひとかたまりになって突進してゆくのがよく見えた。

「やるなあ――」

一言主は、驚嘆した。随所に組討をしては、白い麻服の首がころころと地上に落ちてゆくのだ。しかし、数が少ないために赤銅色の数がめだって減りはじめ、ついには数人をのこすのみとなった。それでも海族は一歩も退かず、屍《しかばね》を、乗りこえ乗りこえ、最後の一人が息を引きとるまで戦った。

「なぜあんな無駄《むだ》なことをするのだろう」

八咫烏は、かれらの戦法が理解できない。一言主は、

「見せしめのつもりさ」

といった。

「これほど強く、命しらずの者が、こっちの川岸では何万とひかえているというのを、長髄彦に教えるためだろう」

一言主の観測はあたっていた。その夜、勧降使として、八咫烏と赤目彦の二人が出発を命ぜられた。一言主が、付きそってくれた。

闇にまぎれ、草のあいだを忍び走りつつ、三人は、鳥見《とみ》の岡のうえにある長髄彦の館《やかた》に着いた。一言主は旧知らしく、気をきかせて、まず饒速日《にぎはやひ》をよびだしてくれた。

「――おれは饒速日だが」

「私は、赤目彦である。おなじ海族だ」

同族ほどつよい紐帯《じゅうたい》はない。ふたりはしばらく抱きあっていたが、やがて、抱きあったまま赤目彦は、饒速日の耳に用件を囁《ささや》いた。

「殺す――?」

「いや、長髄彦がおとなしく降伏すれば殺さなくてもよい」

「殺すことはできぬ。おれは、長髄彦の妹を妻《め》として、子まである」

「しかし、お前は海族だぞ」

「ふむ……」

饒速日は、苦渋《くじゆう》にゆがんだ顔をした。しばらくだまっていたが、やがて、

「長髄彦に会う手引きだけはしよう。それだけが、おれのできるせい一杯のことだ」

饒速日が、どう長髄彦をだましたのか、三人はやすやすと、この鳥見の大酋長の起居する小屋のなかに入ることができた。

長髄彦は、節々の痛む病いでもわずらっているのか、この暑いのに熊《くま》の皮にくるまって寝ころんでいた。

「おれは、海族の使者である」

「なに――」

暗い灯影《ほかげ》を通して、長髄彦が起きあがったのがみえた。出雲族の首領というより、朴訥《ぼくとつ》な農夫といった感じの老人だった。

「われわれは、お前の降伏をすすめにきている」

赤目彦の言葉を、八咫烏が通訳した。

「放埒《ほうらつ》なことを」

長髄彦は、むしろ正直なおどろきを顔にあらわして、

「考えてもみよ。もともと、われわれ出雲族がお前たち海族になにをしたというのか。われわれは、日が出ると畑へ行き、日が入ると、寝た。そして、この盆地を耕してきた。それだけのことだ。攻めこんできたお前たちをゆるせない」

（もっともだ）

八咫烏は、内心おもった。

「早く、通訳しろ」

赤目彦がせきこんだ。八咫烏はその言葉を海語《わだつみご》に直しながら、人間の世にこれだけの大道理があるか、とおもった。しかし、赤目彦にはそういう道理は通じないらしく、聴きおわると、

「八咫烏」

憎さげにいった。老人の言葉が、翻訳されて八咫烏の口から出ると、むしろ憎しみは八咫烏にかかってしまうようなのだ。

「お前は、それでも海族か」

「いや、いま云ったのは、この年寄りの言葉です」

「それはわかっている。おれのいうのは、まるでお前自身が出雲族であるかのように、なぜ力を入れて云わねばならぬのか、ということだ」

毒づいたあと、赤目彦は、ぎらりと剣《つるぎ》をひきぬいた。銅剣ではなかった。牟婁海族の隊長にふさわしく、この男は、触れれば手の切れる鉄剣をもっている。

「降伏せねば、これで首をはねる、といえ」

いつもなら、八咫烏は、

（ええですとも）

とふたつ返事の上機嫌《じようきげん》さでひきうけるのだが、このときだけは、なぜか口が重かった。

「長髄彦よ」

静かに、しかし海族の威厳をもって云った。

「こいつは、お前を斬《き》るそうだ」

「斬る？　お前がか」

「わしではない。この赤目彦がだ」

「お前……」

長髄彦は、八咫烏の顔をまじまじと見て、

「海族ではないな」

「海族である」

「しかし、出雲族の顔をもっている」

「肌《はだ》をみろ。黄色くはない。海族のものだ」

「混血児《あいのこ》か」

朴訥な長髄彦の顔に、急にさげすみの色がうかんだ。

「出雲族は、出雲族のために働き、出雲族の氏神に守られている。海族は海族のために働き、海族の氏神に守られている。――あいのこは口を出すな」

「な、なぜだ」

「あいのこには、氏神がない」

「……こ、こいつ」

「唾《つば》がとぶ」

長髄彦が、不潔そうにそでをはらった。八咫烏の胸に、しずかないきどおりがこみあげてきた。――いったい、おれは何者だ。

こぶしがふるえている。――奇妙なことであった。海族の世間で侮蔑《ぶべつ》されたときは、かれらを憎しむことができずに、悲しみだけが胸にみちた。おなじ侮蔑でも、出雲族から投げつけられると、こうも憤《いきどお》ろしくなるのか。

(なぜだ)

は、八咫烏の頭では考えられない。——おそらく、二つの血を兼ねる場合、顔の似ない人種に対しては劣等感をもち、顔の似た人種のほうには憎しみをもつのではないか。

八咫烏のつぎの行動が、それを証明していた。

突如、八咫烏は赤目彦のほうをふりむき、狂気したように叫んだ。

「こいつを斬ってください」

「よし」

八咫烏をつきのけると同時に、赤目彦のつるぎが一閃《いっせん》した。長髄彦の首は、あっけないほどの無造作さで、地に落ちた。

血があたりに吹きとんだ。そのなまなましいにおいを嗅《か》ぐと、八咫烏のなかに生来の臆病《おくびょう》が目覚め、膝《ひざ》が小刻みにふるえた。

一言主は、慄《ふる》えている八咫烏をみながら、

(この男は、血におびえているのではない)

と、土蜘蛛《つちぐも》特有の、智恵めいたものをめぐらして考えた。

(自分の面貌《めんぼう》に似た種族を斬らせてしまったから、おびえているのだ)

八咫烏は、目をいっぱいに見ひらいていた。赤目彦はあざわらって、

「この首がこわいのか」

足で蹴《け》った。

出雲族の首は、ごろりところがって、上をむいた。もう一度、蹴った。横をむいた。鼻がひくく、顔が扁平《へんぺい》で、この角度でみると、ひどく八咫烏に似ていた。

「どうだ」

赤目彦が厚い唇《くちびる》のはしで笑い、もう一度蹴ろうとしたとき、八咫烏が前後の見境もなくとびかかっていた。

「こいっ!」

赤目彦の顔を、力まかせになぐった。猪《いのしし》をなぐり殺したほどの八咫烏の力だった。

赤目彦の体が吹っとび、ぐわっと咽喉《のど》奥《おく》でうめくと、地響きをたてて倒れた。

饒速日《にぎはやひ》と一言主がそばへ寄ったときは、赤目彦は、目と口と鼻から血を噴きだして、すでに死体になっていた。

「八咫烏よ」

饒速日が、低い声でいった。

「私は、海族《わだつみぞく》へはだまっているつもりだ。——一言主《ひとことぬし》も」

「ああ、わしもだまっている」

一言主は、思慮ぶかげにうなずき、

「わしは、土蜘蛛だ。似た立場だから、いまの八咫烏《やたがらす》の気持はよくわかるつもりだ」

「私は、長髄彦の妹をめとっている。子も生んだ。子は、八咫烏とおなじあいのこだ。

私は、八咫烏をかばおう」

当の八咫烏は、呆然《ぼうぜん》と突ったっていた。


長髄彦が討たれたときいて、出雲族の軍団は動揺した。饒速日が、死者にかわって梟師《たける》の位置につき、

「われわれは、海《あま》の神々の子らに降伏する。お前たちの生命や作物は保護されるだろう。すべて、海の神々にまつろえ。まつろわぬ者は討滅される」

やむなく、出雲族の各部の長《おさ》たちは、これに服した。軍団は、解散された。ヤマト盆地は、一応静穏にもどったかのごとくであったが、いつ不平が爆発して、出雲族の

反乱がおこるとも知れなかった。不安は、出雲族よりもむしろ、少数をもって征服者になった海族、出雲語でいえば海族《あまぞく》のほうにあった。

八咫烏は、長髄彦工作の功績によって、イワレ彦の高級副官のような位置にのぼり、建津身命《たけつみのみこと》という、もっともらしい名前までつけてもらっていた。

「建津身命よ、あの女のもとへ行くがよい」

イワレ彦が命じた。八咫烏は、一言主をともない、海族の護衛兵をつれて、ヤマトの宇陀《うだ》の地へ行った。

馬酔木《あしび》の森があり、楢《なら》の森があり、樫《かし》の森があった。宇陀の小みちは、森を縫ってうねっていた。

道は、次第にのぼってゆく。のぼりつめると、一見、巨大なすり鉢《ばち》のような地形の場所に出た。

おそらく、遠い古代に、地から火が噴き出て出来た景観に相違ない。火口のふちに、蘚苔《せんたい》がはえ、樹木を生じて山となり、すり鉢の底から一条の水がこぼれ出て、それは細い川となっていた。

やわらかい陽《ひ》ざしがこの小さな天地をつつみ、落葉樹はそれぞれの色彩に色づいて、秋はこの地にひとしお濃かった。

ここが、宇陀の巫女《みこ》の国なのである。

ヤマトの出雲族の娘たちのうち、選ばれた者はここで神懸《かみがか》ることを学び、神懸ることができれば、出雲族のそれぞれの村の村巫女として供給される仕組になっていた。その巫女の棟梁《とうりよう》が、天鈿女命《あめのうずめのみこと》であった。天鈿女命の宮居《みやい》は、深い楢の森のなかにあるはずであった。

「ここか」

森のなかの苔《こけ》の上に、宮柱をおろし、床をたかだかと上げ、白い宮居が立っていた。八咫烏の一団は、森のどこからともなく出てきたおびただしい人数の巫女たちにかこまれた。どの顔も、色が白く、目がほそかった。

「建津身命様だ。ご案内申せ」

八咫烏の護衛兵がいった。征服軍の権威によって、すぐ天鈿女命とあうことができた。

板敷に通されると、目の前の羅《うすもの》が巫女の手でするするとあけられ、そこに、ひとりの女がねそべっていた。

天鈿女命は、巫女としての閲歴が四十年をこえていた。それなりの年齢にはちがいなかったが、色が白く、ひどくふとっているために、年のころの見当がつかなかった。

「なにか、用か」

おどろくほど、可愛《かわい》い声を出した。言葉にこそ格式めいた権高さはあったが、意外なほど愛嬌《あいきょう》のある女で、こぼれるように微笑していた。男が、めずらしかったのかもしれなかった。

「海族の長、イワレ彦命からの使者であるが、願いがある」

八咫烏は云い、一言主をして願いのすじを説明させた。

「ヤマトは、諸族相和して、平和をたもたねばならぬ。――ついては」

要するに、天鈿女命が、海族のためにも大巫女の位置についてほしい、ということである。天鈿女命の弟子の巫女たちは、出雲族の村々に配属されている。その村巫女の神託によって出雲族は生活しているから、天鈿女命を海族のものにすれば、両族の融和はおろか、海族は、宗教的にも出雲族の優位にたって支配できるわけだった。

八咫烏は、口下手だから、黙っている。一言主が、手ぶりをまぜて納得のゆくように話した。処遇条件も語った。

「それで、どうです」

「よい」

拍子ぬけするほど、あっさりと天鈿女命はひきうけてしまった。

「もうひとつ頼みがある。それに付随して」

一言主は、天鈿女命の顔色を読みつつ、

「あなたの憑《つ》き神《がみ》も頂戴《ちょうだい》したい」

「当然なことである。巫女がゆけば憑き神もゆく。巫女と憑き神は一体である」

巫女は、それぞれ、自分なりの憑き神をもっていた。樹《き》の霊の場合もあるし、きつねの場合もあり、稲の霊の場合もあり、ふるい先祖の場合もあった。天鈿女命の憑き神は、太陽の霊ということであった。

「ありがたいことだ。お名前は、なんという名です」

「天照大神《あまてらすおおみかみ》という」

「よいお名前だ」

一言主は、うなずいた。そのとき、天鈿女命の視線が、じっと八咫烏の顔を見つめはじめた。

「お前——」

急に目をほそめた。

「天鎮女《あめのしずめ》の息子ではないか」

「えっ」

「似ている。この宇陀の巫女であった天鎮女は、流れて牟妻《むろ》の海族の国へ行ったときいていた。その子がお前ではないか」

「………」

「相違あるまい。この天鈿女命の目は、人の目ではない。神の目である。お前の血が、どこのたれからきたかは、この目にはありありと見えている」

八咫烏は動揺をおさえかねた。しかし、なおもだまっていた。自分の血のいずれを標榜《ひょうぼう》したほうが有利であるかがわからないときは、沈黙しているのにかぎった。混血児として八咫烏が生きてきた智恵であった。

「天鎮女は、よい女《め》であった」

八咫烏の目が、にわかに動いた。どうやら、話は自分の出雲族の血に有利らしいと気づいた。

「私とは、幼いころから友垣《ともがき》だった。ともに巫女になった。そのころ、葛城系《かつらぎすじ》の巫女と飛鳥系《あすかすじ》の巫女とが争うたことがあり、葛城系の巫女が敗れて、殺されたりした。天鎮女は追われて、熊野から牟妻へ流れて行ったときく。私は葛城系の巫女であったが、見かけのとおり、しぶとい女ゆえ、逃げずに踏みとどまり、いつのほどか友垣もみな死に絶えて、このとおり巫女のたばねとなった。——お前が、その天鎮女の息子なら」

「天鎮女の息子です」

「そうか。ならば、このさき、くさぐさ、目にかけてやろう」

「いや」

八咫烏は、かすかに動揺した。出雲族の巫女の子だと云いきってしまう位置が、はたして海族の仲間のなかで暮してゆくのに、よいか、わるいか。

「わしは、種族は海族のつもりでいる。とくに、その理由で目にかけられては、暮しにくいようにおもう」

「そうか。そんなものか」

天鈿女命はしきりとうなずいていたが、べつに、八咫烏の気持が呑《の》みこめている様子でもなかった。

海族のヤマト平定は、以上のようなあらましで、第一期の事業を終えた。

のちの世の伝説では、イワレ彦が王となり、クメつまり大来目命《おおくめのみこと》が宮殿の護衛隊長に、道臣命《みちのおみのみこと》は築坂邑《つきさかむら》の領主に、弟猾《おとうかし》は猛田邑《たけだむら》の県主《あがたぬし》に、弟磯城《おとしき》を磯城邑《しきむら》の県主に、といったぐあいに、功臣、内応者はそれぞれ抜擢《ばってき》されて顕職についた。

八咫烏に対しても、イワレ彦はその功にむくいるために重職をあたえようとしたが、かれはなぜか固辞した。想像するに、――混血児としての陋劣《ろうれつ》な処世につかれはてたのであろう。

八咫烏は、ついに孤独であった。かれは、当時未開の原野であった山城《やましろ》の地に宮居をたてることをゆるされたいとねがい、イワレ彦はそれをゆるした。

いまの比叡山麓《ひえいさんろく》に、御生山《みあれやま》という小さな岡がある。八咫烏は、この岡のうえに住んだ。八咫烏を祭神とする御蔭《みかげ》神社という名の古社が、その岡に残っている。京福電鉄三宅八幡《みやけはちまん》駅の東北にある。

この古社の伝説では、比叡山の琵琶湖《びわこ》がわの野に、大山咋命《おおやまぐいのみこと》という出雲族の酋長《たける》がすみ、しばしば八咫烏の領地を侵したが、のち八咫烏の娘玉依媛《たまよりひめ》という女性をめとるにおよんで不和が融《と》けたという。そういう娘のあるところをみれば、八咫烏は、山城に隠棲《いんせい》してから、いずれかの家の娘をめとったことになるだろう。その妻《め》が、海族であったか、出雲族であったか、そこまで臆測《おくそく》するに、作者の興味はつきた。

（「小説新潮」昭和三十六年一月号）

朱盗

鐘がきこえた。大宰府《だざいふ》ノ少弐藤原広嗣《しょうにふじわらのひろつぐ》は、思わずひざをうった。

――英雄の酒は玉《ぎょく》をもって掬《きく》さねばならないし、隼人《はやと》の蛮酒は、隼人の娘を賞《め》でつつ臓腑《ぞうふ》をぬらさねばならないものだ、そういう詩は、どうやろ。

漏刻台《ろうこくだい》の刻《とき》をつげる観世音寺の夕べの鐘が、なおもきこえている。詩境はできあがった。しかし、暑さのせいか、なかなか平仄《ひょうそく》がそろわなかった。すでに三十に近いというのにまだ幼顔《おさながお》をのこしている広嗣は詩作にあいた。もともと、なにほどの詩藻《しそう》があるわけでもなかったのだ。

（あほうらし。詩よりも現実のほうがよいし、現実のおれこそ、詩の中の英雄のごときものではないか）

げんに、左手に、韓《から》びとの商人から売りつけられた唐の先帝遺愛の御物《ぎょぶつ》という玉碗《たままり》をつかんで、隼人の蛮酒をみたしている。右手に抱いているのは、たったいま右郭《うかく》出坊の瓦敷《かわらじき》の街路のうえでつかまえたばかりの隼人の娘であった。浅黒い肌《はだ》に羅《うすもの》をまとわせて、女を右ひじの下に横たわらせていた。大隅《おおすみ》隼人の娘の肌はつめたくこころよい。広嗣は、夜をまたずに、その肌を堪能《たんのう》するまで賞でるつもりであった。筑紫《つくし》にきてまだ二年に満たない。蛮酒に馴《な》れぬ五体は、したたかに酔ってしまっていた。

「おい」

引きよせようとして、右手がくうをつかんだ。広嗣は、目をあけた。いつのまにか、女がきえていたのである。菓子をとりあげられた幼児のような腑《ふ》ぬけた顔つきになった。詩どころではない。広嗣は、するどい叫びをあげた。詩の中の英雄のような声ではなかったが、それでも、たちどころに数人の衛士《えじ》があつまった。いずれも、東国《あずま》から防人《さきもり》として徴発されてきた夷《えびす》どもであった。

「女、だ」

「女？　なんのことでごわりまするけ？」

夷は、にぶい。広嗣は、一人々々をむちでたたくようにして、隼人の女加奈《かな》という者がにげた、都城の楼門を閉ざして、家の一軒々々をさがせ、と命ずると、やっと衛士たちは散っていった。

唐風の甲冑《かっちゅう》をつけた衛士の姿が消えると、少弐館《しょうにやかた》のうちまで、虫のなく声がみちた。広嗣はじれた。夷どもが戸まどううちに、加奈という浅黒い女は、城門の外へ逃げてしまいはせぬか、と思った。（城外に……）広嗣は厩《うまや》へかけこみ、鞍《くら》をおかせるのももどかしく、馬に乗った。館の門を出ると、北をみた。都府楼《とふろう》がそびえている。都府楼へ通ずる白い路《みち》に人影はなかった。広嗣は、馬頭をめぐらすと、人の多い南へむかって駈《か》けた。

人々が道をひらいた。防人たちの群れにまじって、九州の土豪の私兵や隼人の若者が多いのは、ここひと月にわたって広嗣が召集してきた者どもである。城内の営舎や寺院に収容しきれなかった人数は、城外の民家にまで分宿して、いずれくだるべき広嗣の出動の命令をまっていた。天平《てんぴょう》年間、聖武《しょうむ》天皇の十二年の夏のことであった。

――藤原広嗣は、贈太政《だいじょう》大臣不比等《ふひと》の第三子前《さき》ノ大宰帥宇合《だざいのそつうまかい》の長男として、春日《かすが》山《やま》を西にみる藤原家の第内《ていない》にうまれた。叔母に、当今《とうぎん》（聖武帝）のきさき安宿媛《あそかひめ》（光明皇后）があり、奈良朝廷きっての名門の子として、年若くして朝《ちょう》に出た。大養徳守《やまとのかみ》に任ぜられ、ついで、天平十年、大宰府ノ少弐に任ぜられた。他家の子ならば、異例の昇進というべきだろう。

しかし、藤原家の子としては、中央の顕職を経ずにこの若さで辺境の官に追いやられたのは、むしろそのほうが異例といっていい。広嗣は、それを不服とした。この人事を立案した者は、在唐二十数年の留学からここ数年前に帰朝して以来、天皇側近として勢威をふるいはじめている吉備真備《きびのまきび》と僧玄昉《げんぼう》のふたりに相違ないと思った。広嗣ひとりがそう思ったのではなく、藤原一門の大方の観測であった。鎌足《かまたり》、不比等と二代にわたって奈良朝廷の柱石人材を出した藤原家も、広嗣の父である三代目宇合にいたって、宇合の温和な性格のために昔日《せきじつ》の勢いをうしないつつあった。その宇合も、天平九年、疫病《えきびょう》で死んだ。広嗣の人事は、その死の翌年に行われた。父の死につけ入った真備、玄昉らの藤原氏いじめの策謀であるとみるのも、あながち、無理なみかたではない。

広嗣は若い。当時、唐語をまなんだばかりの人たちは、この大化改新の元勲の曾孫の性格を、直情径行、と評したが、くだいていえば、それほどのこともない。ありようは、ほしいと思えば、すぐ手をのばして摑《つか》みとりたい幼児のような性分であった。——広嗣は、真備と玄昉をにくんだ。すでに奈良にあるときから、天子に建白して、朝家のためにこの二人を除くべしという激越な言動があった。権門の子はおそれを知らない。大宰府に赴任してからも、はるか筑紫の地から大和《やまと》へ建白書を送って、同様趣旨の誹謗《ひぼう》をくわえてきた。

ところが、広嗣は大宰府にあってこの地の事情を知るにつけ、次第に気持がかわった。むろん、ふたりの敵に対する憎しみは変らない。ただ大宰府の強大な軍団をひきいて、直接、朝廷に対して反乱をおこすほうが早い、と考えるようになったのだ。広嗣の頭には、べつに飛躍はない。うまくゆけば大和に攻め入って君側の奸《かん》をはらえようし、しくじったところで、筑紫王として、奈良朝廷に対抗する一国家をきずくことができるではないか。中央に対して不平をもつ土豪たちも、広嗣のこの決意を支持した。

大宰府は、奈良朝廷の外交の府であるとともに、海を越えてくる外敵への防衛線であり、全九州の諸部族を鎮護する城塞《じようさい》でもあったから、その唐式で装備された武力は奈良朝廷の軍制下では最強のものであった。天平十一年八月、広嗣は、全九州に分置されている防人の軍団の集結を命ずるとともに、土豪の兵をも動かし、さらに、大隅、薩摩《さつま》にすむ隼人族の諸酋長《しよしゆうちよう》をもあつめた。

——八月の半ばをすぎると、異風の装束をつけた隼人の群れが、陸続として大宰府の都城へ入ってきた。広嗣がみつけた加奈という隼人の娘も、そうした同族の群れにまじって、「遠《おち》の朝廷《みかど》」とよばれる丹青《たんせい》に彩られた都城を見物するために北上してきたひとりだったのだ。

「いない。……」

左郭右郭の条坊《まち》の人混《ひとご》みをあらかた駈けめぐった広嗣は、加奈がいないとみると、夕雲にそびえる土塁にむかって走った。

すでに城門はとざされていたが、衛兵たちは、少弐広嗣の顔を見ると、槍《やり》を伏せて開門した。広嗣は、その衛兵のひとりに、加奈の種族と、容貌《ようぼう》年齢を教え、――見かけなんだかときくと、衛兵は口を無声のまま二、三度ひらき、

「ああ、それは」

と渋面をつくった。大和の言葉を真似《まね》ようとするのだが、声がでない様子だった。

広嗣の馬が、前脚をあがいた。広嗣はじれた。

「口輪をとれ。足で案内《あない》せい」

兵士は口輪をとった。馬が走った。左に都府楼がみえ、正面に観世音寺のいらかがみえた。右手の野の村々から立ちのぼっている炊煙は、それぞれの村に分宿している隼人たちの夕餉《ゆうげ》をかしぐ煙であろうとおもわれた。兵士は、途々《みちみち》、加奈らしい娘の行った方角をきき、やがて道は山手にさしかかった。

「たしかに、このあたりなのか」

広嗣が疑わしげにいったのも、無理はなかった。このあたりは都城の西方にあたって、行けばさらに重畳《ちようじよう》と山がかさなっている。広嗣は、小高い丘に馬をとめた。丘の上は一面の萱《かや》でおおわれ、道はそこでとぎれていた。兵士はふるえた。広嗣のような貴人に道を踏みまよわせたとあっては、あとで斬首《ざんしゆ》の刑にあっても仕方がなかったのだ。ふるえている兵士が谷をのぞいたとき、急に顔が明るくなった。谷間に小屋があ

った。広嗣《ひろつぐ》は馬をすてて谷間へおりた。大宰少弐《しょうに》藤原広嗣が、扶余《ふよ》ノ穴蛙《あなかわず》という奇妙な盗賊と知りあうようになったのは、このときである。

その小屋は、木材をつかわず、粘土を四方に塗りこめて萱でふかれていた。見たけで韓人《からびと》か、その子孫の棲《す》み家《か》であることがわかった。広嗣は戸を排して入った。そとは、すでに日が暮れていた。

「たれか、おらぬか」

獣の糞《ふん》をもやすにおいが、薄暗い小屋のなかにみちていて、広嗣は思わず息をつめた。乾いた草食獣の糞を、あかりに用いているようであった。たれもいない。なかは、しんとしている。広嗣は、もう一度呼ばわった。

「都府の少弐広嗣じゃ、たれか、出よ」

目が暗さになれてくるにつれて、弱い燈火のそばに、大きな板のようなものがぶらさがっているのに気づいた。赤茶けた色が、あかりをうけて鈍くひかっていた。その目の前にある板が、わずかにうごいた。板が、ゆっくり翻って、広嗣をみた。顔がついていた。人であった。広嗣は腹がたって、叫んだ。

「何者じゃ」

「おのれこそ」

板が、ゆっくり云《い》った。なまりからみて、高句麗《こうくり》ではなく、百済《くだら》のようであった。むろん、この当時の玄海灘《げんかいなだ》のむこうには、高句麗も百済もいまはない。すでに新羅《しらぎ》一国に平定されていて、それらの地からの亡命の貴族や従者たちが、この筑紫には多く流れこんでいた。この男もその子孫の一人なのだろう。

――広嗣は、自分の名をつげた。驚くかと思ったが、男の大きな顔に、表情がなかった。四十がらみの顔に、深いしわが縦横についていた。鼻がこぶしのように大きいのはぶきみだったが、眠っているような小さな目が、淡い光の中で、まるで野のけもののように澄んでいた。広嗣は、求めている女よりも、不意にこの男に興味をもった。目に魅《ひ》き入られたのかもしれない。

「お前は、どこからきた」

とたずねると、男はしばらくだまった。やがて、倭語《わご》に百済語をまじえてゆっくりと語りはじめた。

「おれは、この谷にうまれて、この谷に住んでいる。父親もそうだった。祖父は、そうではない。はじめ、百済の都扶余城の城外にすんでいた。百済がほろんで、倭に移ってきた。扶余城の景色は、この大宰府《だざいふ》城とおなじだそうだ。錦江《きんこう》に似た川もながれている。青馬山、扶蘇《ふそ》山に似た山もある。この大宰府城は、百済人たちがつくった。祖父は扶余城外に住んでいるつもりで一生をここで送った。父親もそのつもりでくらした。おれも、この谷が、大宰府城外であるか扶余城外であるか、べつにくわしく考えたことがない。おかしなものだ。——あんたは、この都城の大将軍か」

「そうだ」

「戦さをするそうだな」

「なぜ、知っている」

広嗣が念を押すまでもなく、この谷の上の岡から平野をみおろしさえすれば、弓や弩《おおゆみ》をもった兵が満ちはじめているのがみえる。めくらでないかぎり、戦さの近いことがわかるはずであったが、広嗣は、この世間うとそうな谷間に住んでいる男に、あらためて訊《き》いてみたかったのだ。ところが、男は意外なことをいった。発音がわるく、ところどころ不明の言葉があった。

「なんとなく、そう思うた。祖父が扶余城の里《り》擁溝《ようこう》というこの谷に似た谷に住んでいたときも、余豊王の大将軍の一人が、女を追うて谷へやってきたのでな」

「女を追うて？」

「そのときも、戦さのはじまる前夜だった」

この男は、七十年前にほろんだ百済国の扶余城も、倭国の大宰府城も、おなじにおもっているのかもしれなかった。

「お前の生業《なりわい》は、百済の陰陽師《おんみようじ》か」

「ちがう」

「では、あきんどなのかえ?」

広嗣はのぞきこんだ。男は、くびをふった。

「しかし、百姓にしては、田がない」

「いや」

男は、岡のむこうに小さな田があり、食いしろだけの稲は育てている、と云い、しかし、かといっておれは百姓でもないな、とはじめて、微《かす》かにわらった。広嗣は、ますます男に魅き入られるのを覚えて、

「では、なんだ」

「それより、大将軍は、女をさがしているのではないか」

「なぜそれがわかる」

「扶余の大将軍も」

男は、広嗣にゆっくり背をむけながら、つぶやいた。

「女をさがしていた。——祖父がその話を父に語り、父がおれに語った。おれは幼いころにきいた話だから、夢のなかの物語のように思える。大将軍の顔を、おれは見たこともないくせに、ちゃんと記憶にある。——その大将軍というのが」

「なんだ」

「あんたの顔に、そっくりなんでな」

(あほうな)

狂人だろうか。広嗣は、男の背に近づいて、そっとその背から、男の膝《ひざ》をのぞきこんだ。男は、三尺ばかりの柄《え》のついた銅製のすきのようなものを膝の上に横たえ、その先きを、石でひそひそ磨《みが》いていた。広嗣は、おそらく、この男の故郷の国の農具の類《たぐ》いだろうとおもった。——男は、不意に顔をあげた。広嗣は、おもわずとびのいた。灯《ほ》影《かげ》がつよくなって、ひげのうすい男の横顔をあかあかとてらした。男は、目をつぶったまま、灯影がゆれるのか、男の顔がゆれるのか、広嗣の目のまえで、赤茶けた奇妙な色面が、ゆらゆらとゆれつづけた。急に、そのゆらめきがやんだ。つられて、広嗣は瞼《まぶた》をひらいた。いつのまにか、広嗣も目をつぶってしまっていたのだ。男が夢をみているのか、広嗣が夢をみているのか、広嗣にもさだかではなかった。男は奇妙な発音で、ゆっくりと口をひらいた。

「……女なら」

といった。

「女なら？」

「そこにいる」

「えっ」

広嗣は、男の指さすほうをみた。部屋のすみに闇《やみ》だまりがあり、そこにわらがつみかさねられていた。広嗣は目をすえると、その暗いわらのあたりに、ふたつの目がひかっているのをみた。狐狸《こり》の目のようであった。加奈である。広嗣は力を得て、

「男。――女をひったててゆくぞ。まさか、邪魔だてはすまい？」

「するものか。その女は、勝手にとびこんできて、そこで勝手に息をひそめている」

「せぬな」

とは念をおしてみたものの、なんとなく気落ちがした。女への興味が、削《そ》ぎおちてしまっているのに気づいた。ほとんど義務的な足どりで広嗣は女へ近づいた。

その広嗣の背中へ、男がなにか云った。倭語ではない。何度か聞きかえすと、おぼろげに意味がわかった。

「この女は、都府楼の下のいかめしい建物をこわがっている。連れもどしたところで、やがて逃げるだろう。もとをただせば、大隅《おおすみ》の穴の中にすんでいた女だからな」

「……？」

広嗣は、そこにしゃがんでいる女を見おろしながら、男の指令を待つ気持になった。男のもつふしぎな発音の言葉は、広嗣のこの場の行動を拘束する力をもっているようであった。広嗣は、男の傀儡《かいらい》になってしまっている自分に気づかなかった。男のほうも、自分の言動が、この闖入者《ちんにゅうしゃ》の意識をねむらせてしまっていることに、気づいていなかったろう。

「その場所で」

と、男はいった。

「え？」

「その場所で、女を抱くがよい。女を抱くだけが目的なら、わざわざ館《やかた》へつれかえる必要はなかろう。隼人《はやと》の女は、筑紫綿のふしどの上より、おなじ抱かれるなら、こういう所で抱かれたいのだ」

男は、そんな意味のことをいって、あいかわらず、ひそひそとすきを磨いていた。

広嗣は男の無表情な背中を見、すぐ女に目をうつした。女の羅《うすもの》を剝《は》ぎ、浅黒い四肢《しし》を土間におしつけたとき、女が、ひいっと泣いた。しかし、拒《こば》みはしなかった。女も、小屋の主のふしぎな力のなかで、自分を忘れてしまったのであろう。広嗣と女とが、土間でうめいているあいだじゅう、男は、すきをみがいていた。その背中は、広嗣と女の営みをみごとに無視していた。

営みがおわって、広嗣は、暗い土のうえからぼろぎれのような自分を起きあがらせた。男に対して、はげしい屈辱感とにくしみがわきあがった。まるで自分が、男の詐《さ》術《じゅつ》のなかで奴隷《どれい》のようにふるまったような気がしてならなかった。戸口のほうに進みながら、

「おい」

と、赤茶けた背中に吐きかけた。しかし背中は、別のことをいった。

「扶余城の大将軍もそうであったよ」

「なに?」

広嗣は、戸口でふりかえった。

「大将軍も、女と、この小屋で寝た」

「お前は、なに者だ」

「ふよのあなかわず」

ふよ、とは百済の旧都扶余城のことであろう。あなかわず、とは、唐の文字にあてれば、穴蛙とでも書くのだろうか。

大宰少弐藤原広嗣の生活は、あの日から多忙をきわめた。奈良の宮廷が、広嗣反乱の報にあわてて、東海、東山、山陰、山陽、南海五道の兵一万七千を召集し、大将軍に大野東人《おおののあずまんど》、副将に紀朝臣飯麻呂《きのあそみのいいまろ》をそれぞれ任命したといううわさが、広嗣のもとへとどいたからである。

「大野東人が？」

広嗣は、複雑な表情をした。東人といえば神亀《じんき》元年、父藤原宇合《ふじわらのうまかい》に従って東方の蝦夷《えみし》を討って大功をたてた軍人なのである。その旧部下が、広嗣討伐の司令官になって西下するという。

奇妙なことだが、広嗣はこのときになってはじめて戦意をもった。もたざるをえなかった。大宰府に全九州の軍団を集結せしめていた段階までは、広嗣の気持のなかに多分に遊びがあったのだ。官符を乱発して兵を集め、蝟集《いしゅう》してくる頭かずをながめて自分の実力をたのしむのは、楽しい権力あそびだった。それに、中央に対して甘えてもいた。まさか中央は、藤家《とうけ》の長男が軍兵《ぐんぴょう》を集めているとしても、反乱を起すとまでは考えていまい。不穏の消息が聞えれば、駄々《だだ》をこねているとみて、奈良の宮廷はなんらかの慰撫《いぶ》の手をうってくるだろう。そのときに自分の政治的要求を出せばよい、と考えていたのが、あてがはずれたのである。

もともと、遠い大宰府のうわさは、奈良では誇大につたわるものだ。大騒ぎになり、やがて、あすにも広嗣が、九州の官兵と蛮人をひきい、葛城《かつらぎ》連峰をこえて奈良盆地に攻めこんでくるような流言までとんでいた。東人の大将軍任命は、そういう情勢のなかでおこなわれたのである。

任用の理由は、当代きっての名将である東人の名は、辞令が出ただけで流言や動揺をしずめる力があったからだ。それに、この将軍は藤原一族に親しかった。むろん、宮廷は、東人の任用について、藤原一族の諒承《りようしよう》をえていた。藤原氏に、いなやはなかった。一族から出した朝敵を討つのに、一族と親しい将軍を出すことは、藤原氏にとって、せめてもの申しわけのたつことであった。しかし、逆に広嗣の立場からいえば、将軍東人の進発は、自分の一族のすべてが自分を見離したことを意味したわけである。

広嗣は、兵備に狂奔した。

文官の家にそだった広嗣は、軍事のことにくらかった。自分自身の安堵《あんど》のためにも、ただむやみと人かずを集めることに熱中した。

「もう、なんぼ集まった」

土豪の徴集の仕事をしている弟の綱手《つなて》に、朝夕、幾度もきいた。

「けさ、隼人の大族の酋長噌唹多理志佐《そおたりしさ》という者が来着しましたから、土豪の兵あわせて一万。それに官兵が一万二千」

「ははあ。ざっと、二万やな」

広嗣の愁眉《しゅうび》が、しだいに開いた。大野東人の軍勢は、いくら多くとも一万五千は出まいから、広嗣が思うに、数のうえでは優勢であろう。しかし、ひとりでも軍兵がほしい。

広嗣は、大宰府管内の公田の民は、不具癈疾《ふぐはいしつ》をのぞいてすべて徴集するように命じた。

「壮者ならひとりでも。……おう」

ふと、広嗣は、ふよのあなかわずという男の赤茶けた背中をおもいだした。――という云い方は、妥当ではない。

あの日から少弐広嗣は、穴蛙の小屋でおこなわれたことを、おもいださない日はなかったからだ。日がたつにつれ、その記憶は、色彩のある夢のように思えてきた。記憶は、酔うような幻覚にみちていた。あの日のつよい酒のせいだったかもしれない。

（行ってみよう）

ここ数日の緊張から解放されたかったからでもある。もう一度その陶酔に入りたいと思いたったとき、広嗣は、その場でこがれて痩《や》せほそりそうであった。

広嗣は、まず、隼人の酒をしたたかにのんだ。木の実《こ　み》を嚙《か》んでかもすらしく、酒はどろりと赤く濁っていた。あの日、詩作しながら英雄の心境でのんだが、この日は、痴人ののめりこむような心境で杯をかさねた。

酔った。

広嗣は、馬にのった。

やはり、この日も薄暮であった。観世音寺の夕鐘が鳴り、広嗣は城門を出た。

岡の上に馬をつなぎ、谷間におりた。いばらに足の皮膚を裂かれながら、ずるずると谷を這《は》いおりてゆく大宰少弐藤原広嗣は、いったい穴蛙に魅《ひ》かれてこの谷底へおりるのか、女に魅かれてゆくのかが、自分でもわからない。

女は、いた。土器にえたいの知れぬ食物を盛って食っていたが、広嗣の顔をみると、羞恥《しゅうち》をふくんでわらった。広嗣はこの女の笑顔をはじめて見た。不意に欲情がからだの奥から突きあげてきて、広嗣は、女を押し倒した。

女は、広嗣に応じた。そのからだがすでに濡《ぬ》れていたことにかれは満足をおぼえ、同時に失望した。かれが女に期待していたのは、野生のけものの歯ごたえだったのだ。時がすぎた。広嗣が女のからだから離れると、女は、大和の鴨族《かもぞく》の女のような柔順さで、広嗣のために、寝みだれたわらをととのえはじめた。広嗣は、自分がここに来た目的は、この女ではなかったことに、改めて気づいた。冷たく云った。

「ふよのあなかわずは、どこへ行った」

「け？」

隼人の女は、大和のことばを解しないらしく、唇《くちびる》をあけて首をかしげた。よく考えてみると、かれは女とまだ一語も話をかわしたことがなかったのだ。女のかしげた小首の表情が可愛《かわい》かった。言葉をまじえなくても、ただ二度の交媾《まぐあい》だけで男のために家畜のように柔順になる女のふしぎさを思った。広嗣の気持の振幅ははげしい。にわかに女がいとおしくなった。と同時に、やまとの語を解しない女の前で、懸命に自分の将来についてしゃべりはじめた。男が、愛する女の前で自分の将来を語るときほど、幸福なときはない。

「わしは、いずれ筑紫《つくし》王になるだろう」

と微笑をふくんでいった。

筑紫王になれるという根拠は、広嗣が召集した軍兵が、東人のあつめたそれよりも五千人は多いということだけだった。しかし、広嗣は、女の前でそれを物語っていると、この勝負は絶対有利のように思えて来、筑紫王はおろか、望みによっては、奈良朝廷の左右大臣になることも不可能ではないように思われてきたのである。

「いずれは大和をこの手中におさめることになるかもしれない。そのときは、お前を大和へつれて行って、春日山のふもとに別墅《べっしょ》をたてて住まわせてやろう」

女は笑ってばかりいた。彼女にすれば、大和の言葉などは、鳥のさえずりよりも不可解なものだった。しかし、酒の酔いと五千人の優勢が、広嗣を英雄に仕立てあげてしまっていた。

「英雄の酒は玉《ぎょく》をもって掬《きく》さねばならないし、隼人の蛮酒は、隼人の娘を賞《め》でつつ臓腑《ぞうふ》をぬらさねばならないものだ」

「け？」

女は、また首をかしげた。

「まだ平仄《ひょうそく》はそろっていないがね。これはわしの偶感の詩という所だな。おれの曾祖《そうそ》父《ふ》のかまたりという男は大和の国家を作った男だし、おれの祖父のふひとは贈太政大臣になった。おれの父親のうまかいは蝦夷《えみし》を退治た功績をもちながら、極官にのぼらずに死んだ。四代目のおれは、一門の名誉のために、西陬《せいすう》の蛮族をひきいて大和にせまり、ふたたび政権を藤氏のうえにもどして、君側の佞人《ねいじん》どもを払ってやるつもりでいる」

「け」

女は、体をすりよせてきた。広嗣はしゃべるのに疲れたし、女も、やたらと母音の多いねばつくような大和の言葉を聴くのにくたびれたのだろう。二人は、再び言葉を必要としない行為に入り、汗がわらに滲《し》みとおるまで抱擁しあった。

広嗣は、わらくずのついた顔を、ふと、あかりのほうへ向けて、おどろいた。いつのまにか、灯の影に、あの一枚板のような背中がじっとうずくまっていたのである。

「あなかわず」

「なにかね、大将軍」

べつにからかっているのではなく、穴蛙はごく自然にこたえた。唄《うた》などをひく口ずさんで、だいぶ上機嫌のようだったから、広嗣も上機嫌でたずねた。

「百済の扶余城外の景気はどうかね」

穴蛙はすこし考えて、

「いよいよ戦さが近いようだな」

「心配はいらん」

広嗣はかんの高い声でいった。

「戦さは、おれがはじめるのだからな。それに、大和の軍兵よりおれのほうが、五千人も多い。お前も軍団に入ったらどうだ。おれの声がかりで、すぐ採用してやる。とくべつに防人正《さきもりのかみ》にして、何人かの人数をあずけてやってもよいぞ」

「ことわりたいな」

「なぜだ」

「おれには、仕事がある」

穴蛙は、膝のうえのすきの泥《どろ》をたんねんに落しながら云った。

「仕事？　なんの仕事だ」

「大将軍とおなじ仕事だ。さっき、大将軍は曾祖父はかまたりで、祖父は、ふひとで、父はうまかいだ、というた。それの仕事をつぐのだ、というた。おれの祖父は、ふらひで、父はめろひで、おれはあなかわずだ。やはり、継ぐ仕事がある」

「なんの仕事かときいているのだ」

広嗣はたちあがった。この百済人《くだらびと》の正体を知りたいという異常な詮索欲《せんさくよく》がわいてきたのである。しかし、百済人の赤茶けた背中は、それっきり沈黙した。何度きいても、

「さあな」

というばかりだった。しまいには、広嗣も問う気力がなくなって、戸口に立った。女が、松脂《まつやに》をしみこませたたいまつを貸してくれた。広嗣は火をもちながら、

「いわぬなら、この小屋に火をつけるぞ」

とおどした。穴蛙は、柔和な顔を広嗣にむけた。

「扶余の大将軍も、そういうた」

狂人かもしれない。広嗣は二ノ句がつげなくなり、暗い戸外へ出た。

翌日も広嗣は多忙だったのだが、やはり夕刻になると、谷間の小屋へ吸いよせられてゆく自分を、どうすることもできなかった。

小屋には、穴蛙はいなかった。相変らず、女は手づかみで食物を食っていた。

穴蛙はどこだ、ときくと、女は、きょうは留守だという手ぶりをした。広嗣は女を抱こうとしたが、なにか物足りなくって、すぐ手を離した。

「なにか、語れ」

恋というものは交媾《まぐあい》するだけでは間《ま》がもちにくいのである。が、隼人の女は、さびしい微笑をみせて首を横にふった。広嗣はあきらめて、

「穴蛙はどこにいる。あな、かわず、だ」

広嗣は手まねをまじえて訊《たず》ねたが、女は、(この小屋にはいない)とかぶりをふり、広嗣の手をとって立ちあがった。

女は、東窓の下まで広嗣をつれていって、ツと止ると、どん、どん、足で土間をふんだ。空洞《うつろ》な音がした。板をかぶせてあったのだ。

「なんだ、これは」

板をめくった。広嗣は、あ、と声をのんだ。径七尺ほどはある穴がほられていたのである。つめたい空気が、穴からふきあげてきた。奥は、よほど深いようにおもわれた。

「たいまつをかせ」

女がかぶりをふった。穴に入るなというのだろう。が、意が通じそうにないと思ったのか、いきなり腰にしがみついてきた。広嗣が声をあげたほど、隼人の女はつよい力をもっていた。

そのとき、ふよのあなかわずがもどってきた。広嗣は穴のそばに転びながら、なおしがみついてくる女をふりはなすのに懸命になっていた。

「放せ放せ。おれは、穴に入るのは断念しているのだ」

広嗣はいった。女は言葉がわからない。穴蛙は女の肩をたたき、広嗣の転がってい

る首へ、

「穴をのぞいたのかね」

とたずねた。広嗣は見あげて、

「これがお前のいう仕事なのか」

「ああ」

「お前は、穴を掘ってなにをしているのだ」

「云えんな」

男は板をかかえて、穴を覆《おお》い、女と用を済ましたのなら帰ってもらおう、といった。

「帰れ？」

広嗣は、怒りがこみあげてきた。自分は大宰府ノ少弐なのだ、ということを思いだしたのである。流亡の百済人などの指図をうけることはない。——そうだ、と広嗣は意地のわるい微笑をうかべると、衣服をはらい、ひとこともいわずに戸口を出た。

それを不気味に思ったのか、百済人は、いつになく戸口まで送ってきて、そっと、広嗣の耳もとでささやいた。

「扶余の大将軍も、そんな顔で、だまって帰った日があったよ」

といってから、まるで広嗣の心のうちを読むように、

「しかし、あとで軍兵をさしむけるということまではしなかった」

(薄気味のわるいやつだ)

異国人というものは、やはり妖怪《ようかい》に似た異能をもっているのかもしれない。その呪《じゅ》縛《ばく》にかかっている自分を広嗣は感じた。

(このあたりで、大宰府ノ少弐の権威を示す必要がある)

広嗣は、その夜のうちに弟の綱手に命じて、小屋の中の百済人と隼人女を捕縛させ、男を城塁を補強する工事の土工に強制徴用し、女は第館《ていかん》の奴婢《ぬひ》におとした。

広嗣は、穴蛙がどんな顔をして城塁工事の土をはこんでいるかを見たいと思ったが、その後、情勢が急変したために見ることができなかった。東人《あずまんど》将軍の西下が意外に神速で、すでにその先鋒《せんぽう》は長門《ながと》の国に到着しているという情報が入ったからである。

九月のはじめ、広嗣は本営を遠賀川《おんががわ》が玄海灘《げんかいなだ》にそそぐ河口の岡におき、その前線部隊を周防灘《すおうなだ》方面に進出させようとした。が、その部隊が展開する前に、すでに海をわたって九州に上陸してきた東人の軍勢と西筑紫の野で衝突してさんざんに破られ、二千人の兵が捕殺された。

「ああ、敗《ま》けたか」

広嗣は、腑《ふ》がぬけてしまったような顔をした。敗報は、流言と一緒に伝わった。東人の麾下《きか》には、多数の新羅兵《しらぎ》が参加しているというのだ。

ありようは、例年やってくる新羅の来貢使《らいこうし》の一行が、長門の湾に来着したのを、大将軍の大野東人が独断をもって軍にとどめただけのことだった。貢物《みつぎもの》は軍需にあて、使者のなかに新羅の軍人がいたのを幸い、作戦に参加せしめたのである。

しかし、この流言は広嗣の軍を動揺させた。新羅一国の軍勢が玄海灘をおおって大宰府に攻めこんでくるというふうに伝わったのだ。広嗣は、部下の動揺を鎮《しず》めるよりも、まっさきに自分が狼狽《ろうばい》してしまった。

「新羅がくる……」

七十年前に百済をほろぼして半島の統一国家になったこの新興帝国の実力は、遠い奈良の官人よりもむしろ、筑紫の大宰府にいる者のほうがよく知っていた。

(えらいことになったな)

その流言をきいた夕は、食事ものどへ通らなかった。思案しているうちに、ふと、ふよのあなかわずの赤茶けた背中を思いだした。

(そうだ、あいつは百済人だった。百済は新羅と戦った国だから、新羅の戦法に通じ

ている か も しれない)

わが国の斉明《さいめい》天皇のころ、百済の義慈王は侵攻してきた新羅の武烈王のために扶余の背後の泗沘《しひ》城で防いで敗れ、黄山原《こうざんげん》で戦って敗れ、熊津江《ゆうしんこう》の河口で潰滅《かいめつ》し、その後、遺臣が日本軍の応援をえて唐と新羅の連合軍と戦ったが、白村江《はくすきのえ》で大敗して、日本の天智《てんじ》帝の二年、ついにほろんだ。

「穴蛙をよべ」

と命じたが、待てよ、と考えた。このとき、広嗣にしては、上出来の妙策がうかんだのである。

「その男はな」

と、腹心の者に耳うちした。

「大宰府の背面の大野城の石塁をきずく人夫として働いているはずだが、ひと工夫がある」

策をさずけ、同時に、穴蛙が来着する刻限を見はからって、遠賀川河口の本営で、大野宴を用意させた。

広嗣は自分の案出した策に熱中し、宴会のこまごましたことまで、自ら指図した。

やがて、穴蛙の来着する刻限になった。

「百済の大将軍鬼室福信《きしつふくしん》どののお着きィ」

どなる者がいた。

やがて、大宰府の伶人《れいじん》の鳴らす楽器の音とともに、綱手らに先導された穴蛙が、黄金の金具をうった緋色《ひいろ》の戦袍《せんぽう》に、銀色にかがやく盔《かぶと》をいただいて、ゆったりと歩を運んできた。

「おう、おう」

お膳《ぜん》だてをした広嗣自身が、むしろ一驚してしまった。いつも背中だけを見ていた穴蛙がこれだけの偉丈夫とは思わなかったのだ。身のたけ七尺に近く、腰囲それに伴い、それが燦然《さんぜん》たる金銀の甲冑《かっちゅう》に身をかためているところは、ひげこそなけれ、三国志の関羽《かんう》将軍の再来かとうたがわれた。

なみいる官兵、土豪、隼人の部将たちは、声をのんで見まもった。すでに、広嗣の側近からこの将軍の来着のことはききおよんでいたからだ。——鬼室福信とは、七十七年のむかし、百済の廃王の遺児豊璋《ほうしょう》を擁立して、百済の旧地周留城で新羅と闘い、勇戦ののち戦死した勇猛な遺臣の名なのである。その三世の孫である同名鬼室福信が、はるばる海をわたって、新羅へうらみを晴らすべくわが軍に参加した、ということは百万の味方を得たよりも心強かった。

もっとも将軍が一人であらわれたことに不審をいだく者があったが、その点についても、日ならずして彼地から将軍の部下万余が博多《はかた》へ上陸するという発表があって、大宰府軍の士気は、大いにあがった。

その夜、広嗣は、旧遠賀軍団の営舎であった本営の一室で、人を遠ざけて、ひそかに鬼室将軍と会った。卓をかこんで相対すると、短檠《たんけい》のあかりに照らされた穴蛙は、広嗣が、

「お前は、ひょっとすると、本当の鬼室将軍ではないか」

と真顔でたずねたほどに真にせまっていた。

「ところで」

広嗣は地図をひろげて、敵味方の配置を説明し、大野東人の作戦は新羅人の参加で新しい工夫がはじまると思うが、それにはどう対処すればよいか、とたずねた。

「新羅?」

無表情な鬼室将軍の目が、この言葉をきいて一瞬キラリとひかった。扶余の市民の子孫として、穴蛙でさえこの国名には特別の感情を含んでいるのだろう。

「新羅人を討つなら、わしも力を貸したい」

「おお、それでこそ鬼室将軍だ」

広嗣は、目の前にいる緋の戦袍の男が本当に鬼室将軍だと思いこみはじめている様子だった。

しかし、鬼室将軍は悲しそうに目をふせ、

「わしは戦さを知らんがな。……ただ」

「ただ?」

「扶余の将軍が新羅軍を追うために立てた作戦を、聞きおよんでいる」

「それだ、それを教えてくれ、鬼室将軍」

「忘れんでくれ、わしは穴蛙だ」

広嗣の耳にはそんな言葉は入らなかった。ただ夜中になって、穴蛙のいう扶余の将軍の作戦を、図上に写しとった。つまり、この戦いでいえば、板櫃川《いたひつがわ》の河畔に集結している大野東人の本隊を、豊後《ぶんご》道と田川道と鞍手《くらて》道の三隊にわかれて三方から挟撃《きょうげき》するという作戦であった。広嗣はよろこんだ。

「これなら、必ず勝つ」

「さあな」

穴蛙は、頼りなさそうな顔をした。当然なことだった。百済の扶余城の将軍は、この戦術で敗けたからである。しかし、穴蛙の意識はときどき混濁するらしく、半世紀前の扶余城の将軍と、大宰府の将軍である広嗣とが二重うつしになって、同一人物であるような錯覚をもっている様子だった。同一人物なら、同一作戦をするのが当然なことなのである。

天平十二年の秋、大宰府の背後の大野山の櫨《はぜ》の森があかく色づくころ、広嗣は板櫃川の河畔で大敗した。目もあてられぬ惨状だった。予定どおり三道挟撃作戦をとりはした。弟綱手《つなて》の兵五千を豊後道迂回《うかい》の右翼隊とし、中央を部将多胡古麻呂《たこのこまろ》の兵二千、広嗣自身は本隊をひきいて玄海灘の海岸ぞいを東進したのだが、途中、隼人族の裏切りなどがあって、作戦は官軍に逐一知られてしまい、綱手隊、多胡古麻呂隊の進出は敵の妨害にあって遅れた。

自然、広嗣の本隊五千が突出しすぎるはめになり、そこへ敵の主力一万五千が襲いかかって、兵は四分五裂した。

この日の鬼室将軍の働きはめざましいものであった。一丈二尺の大鉾《おおほこ》をふりかざして敵中に分け入り、手あたり次第に突き倒し薙《な》ぎたおしたが、気がついてみると、敵の中で自分と広嗣の二人きりになってしまっていた。

「これはいかん」

穴蛙は急に小心な顔になった。すでに鬼室将軍の流説は官軍にまで伝わっている。敵の攻撃が自分一身にあつまっているような気がしてきた。いきなり馬首を西にかえした。そのまま一散に逃げはじめ、途中、盔《かぶと》も戦袍《せんぽう》も馬上でぬぎすて、赤茶けたもとの背中をむきだしにして、走った。

板櫃川の流域の野を駈《か》けすぎて山路にさしかかると、馬が乗りつぶれた。馬をすてた。徒歩で坂をのぼろうとしたとき、うしろから「おれだ、おれだ」と泣くようによばわる者がいた。ふりかえると、広嗣であった。

広嗣も甲冑《かっちゅう》も剣もすてて、裸形《らぎょう》同然の姿になっていた。まるで、喧嘩《けんか》に負けて帰った悪童が父親をみつけたときのように、穴蛙の腰にしがみついてきた。穴蛙の背中が、ひどくなつかしいものに思えたのだろう。

穴蛙は仕方なく、広嗣をおぶった。二昼夜歩きとおして、三日目の晩、大宰府の都《ま》城《ち》の灯を見おろす岡へもどってきた。なぜ、穴蛙は大宰府へもどってきたのか。

都城の灯をみてそれが大宰府であることにやっと気づいた広嗣は、肝《きも》をつぶして穴蛙に詰問した。都城はすでに敵兵で充満しているはずではないか。

「扶余《ふよ》の大将軍も」

穴蛙は、ぼろぎれのようになった広嗣を肩にのせて、谷間へおりた。

「またお前の扶余の大将軍なのか。おれは大宰府の広嗣だぞ」

「そうだ。あの大将軍も、こうして谷間の小屋へもどってきた」

広嗣は、この男と問答することに絶望した。この百済人ときたら、扶余城の祖父の物語も自分の現実も、一緒にぬりつぶされて一枚の絵になっているようなのだ。狂人でないとすれば、この異人種は際限もなく大きな男だろう。祖父や父の生きた人生までも、自分の人生のなかに悠然《ゆうぜん》と組み入れてしまっているのである。この百済人は、じつは、二百歳ぐらいの年齢に生きているのかもしれなかった。

（なぜだろう）

謎《なぞ》があるにちがいない。広嗣は自分の敗残の境涯《きょうがい》もわすれて、男に異常な興味をもちはじめた。――ふと、子供のころ、奈良の春日山の麓《ふもと》の野で、黄花郎草《たんぽぽ》の根を掘ったことを思いだした。根は、細長いきりのように垂直に大地の底へおりていて、幼い広嗣の指ではとうてい掘りおこすことは不可能だった。黄花郎草の葉と花は、冬になれば根をのこしてほろび、春になれば、おなじ根から、あたらしい葉と花をうむのである。半島からきたこの異人種は、そういう黄花郎草に似た生命の秘密をもっているのかもしれなかった。

「さあきた」

扶余の穴蛙は、小屋の戸口に立って、さすがにほっとしたのか、広嗣をふりかえって微笑をうかべた。月光がある。ねずみ色の夜色のなかにうかべた穴蛙の微笑は、あの大和の帰化人の里に安置されている百済観音の異風土な微笑を、ふと広嗣に思いださせた。

「おう、加奈か」

小屋に入った広嗣は、いつのまに逃げもどっていたのか、隼人《はやと》の女がすわっているのをみて、おどろいた。女は、相変らず、土器に盛った食物を手づかみでたべていた。広嗣は、女の前にしゃがんだ。ひどく空腹であることに気づいた。女は、だまって自分の土器を広嗣にわたした。広嗣は、そのどろどろした得体の知れぬあぶら物を、夢中でたべた。

満腹してから、広嗣は小屋のすみを見た。暗い灯影《ほかげ》に汗をひからせて、穴蛙の背中が、じっとすわっているのに気づいた。

(ああ)

広嗣は、天の何者かにむかって、泣きだしたくなった。この風景は、戦いの以前とすこしも変らないではないか。あれほどの手ひどい敗戦が、事実あったのかどうかさえ、広嗣の意識のなかであいまいになってきた。

「おい、女」

引きよせようとして、広嗣は不意に女へ疑問をおこした。

「穴蛙、この女は一体何者なのだ」

女がいつも穴蛙の小屋にいるふしぎさに気づかなかったのが、自分でもうかつだったと思った。——ところが、穴蛙は広嗣のかん高い声をしばらくいなして、うっそりと、

「そいつは、わしの妻《め》や」

といった。

げっ、と、広嗣は、たとえばとかげでも呑《の》んでしまったような顔をした。やがて衝動がおさまるにつれ、この百済人がもはや理解できなくなった。異人種というものは、——女房《にょうぼう》が他人とそばで交媾《まぐあい》していても悠然たる心境でいられる、特別仕掛けの神経をそなえているものだろうか。

「おい、百済人！」

広嗣は狂ったようにはね起き、穴蛙の背中にむかって突進し、その肩をつかんだ。

「お前は一体、なに者なのだ」

広嗣は、穴蛙の背をゆすぶった。そうせざるをえなかったのだ。

（こいつら二人の間にはさまれていると、おれは死ぬ）

死ぬ。つまり、異質な二つの自然物にはさまれた広嗣は、よほど狂躁《きょうそう》な真似《まね》でもしないかぎり、自分が蒸発してしまいそうに思えたのである。

すきをみがく手をとめて、穴蛙は気の毒そうに広嗣をみあげた。微笑した。

「朱盗《しゅとう》よ」

「しゅとう?」

倭国《わこく》では、ききなれぬ言葉だった。広嗣は背中をつかんでいる手をはなした。穴蛙はゆっくりと、

「百済《くだら》には、そういう盗賊がいる。倭語になおすと、穴蛙とでもいうかな。穴蛙とはおれの名ではなく、仕事の名だ」

「なにをする仕事だ」

「掘る」

穴蛙は広嗣の手をひいて、部屋のすみの穴のふちへ連れて行った。

「これを掘っている。おれの祖父のふらひは扶余城を見おろすことおなじ谷間で、

穴を掘っていた。扶余城がほろんで、他の百済人といっしょにこの国へ流れてきた。みると、大宰府城は、付近の景色といい、都城《まち》の構えといい、百済の都扶余城とそっくりだった。扶余城外の谷間とそっくりの谷間もあり、墳《つか》もある」

「墳？」

「ああ、祖父がきたとき、ちょうど筑紫の貴人の墳ができかけていた。祖父は穴を掘りはじめて、五丈掘ったときに死んだ。父は四十年かかって、八十丈掘って七十八で死んだ。おれは、そのあとをついで、この二十年のあいだに、もう四十丈以上も掘った」

「いったい、なにを掘るのだ」

「墳よ」

その墳の所在をきいて、広嗣はあやうく気が遠くなるところであった。めざす墳は、かつてこの筑紫野で強勢をはって三韓《さんかん》唐土にまでその名のきこえた土豪の墳墓というのだが、その古墳ときたら、この谷間から岡をふたつ越え、野を横切り、都城の左郭の東北の一角をかすめ、川床を越え、ついに大野山の山麓《さんろく》にいたってようやく隆起している前方後円の大墳墓のことなのである。一代で、五十丈や百丈を掘りすすんだところで、とうてい間尺のあう距離ではなかった。

「なぜ、掘る」

「朱《しゅ》を盗《と》る」

死者の腐敗をふせぐために棺に詰められている唐渡りの朱を盗るというのである。朱は金粉にもひとしく高価なものであったし、それに、副葬品として墳墓の玄室におさめられた金銀銅の武具や玉などを盗めば、なるほどばく大な財産ができあがるというわけなのである。

「……しかし」

広嗣はその仕事の遠大さに、気が遠くなりそうになるのをこらえながら、

「お前一代で掘れるのか」

「掘れんな。が、こいつの」

と穴蛙は隼人の女を指さし、

「腹に子供がやどれば、そいつが掘る。いつかは、墳の底まで行きつける。ちがいあるまい」

「そりゃ、行きつけはするだろう」

広嗣はやっとうなずいたが、この話はひどくかれをつかれさせた。穴蛙の説明がおわると、気がぬけたようになり、その場に折りくずれたまま、ねむりこけてしまった。

大宰府の軍団をにぎって一朝にして大和政権に対抗しようとした英雄は、ねむれば童《わらべ》

のような顔をしていた。

翌日の夜、月明のなかを、広嗣は穴蛙の小屋から脱出した。

この小屋にひそんでお前も掘れ、と穴蛙はくどく広嗣にすすめたのだが、広嗣はこの気のながい異人種と一緒にあと一日もくらす気はしなかった。穴蛙とその妻《め》を見ていると、かえって奇妙な焦躁感《しょうそう》にかられて、広嗣は成算もなく小屋をとびだした。最初、肥前へ逃げ、ついで、海を渡って五島へ逃げた。

五島から舟にのって朝鮮へ渡ろうとしたのだが、風に遭って唐津《からつ》のあたりに吹きもどされ、大野東人《おおののあずまんど》のために斬首《ざんしゅ》された。兵を起したのが天平十二年九月であり、斬首されたのはその十一月である。広嗣は、すこしせっかちに生きすぎた。

穴蛙については、その後はわからない。大宰府東方の岡に、江戸時代の中期まで穴《あな》社《やしろ》という祠《ほこら》があり、百済神がまつられていたというのだが、ひょっとすると、穴蛙に縁のある神社かもしれない。

むろん、かれがはたして、墳墓の底まで掘りぬきえたかということになると、歴史の霞《かすみ》が深すぎて見当もつきにくいようである。なお、広嗣の霊をまつる古社として、唐津に鏡神社があり、いまの八幡《やはた》市には、荒生田《あろうた》神社がある。


（「オール読物」昭和三十五年十一月号）

牛《ご》黄《おう》加《か》持《じ》

朝から雲が多い。

高倉二条の荒れ屋敷の樹々《きぎ》は、まだ黄ばんだ葉を残していたが、ことしは例年よりも秋の暮れるのが早いらしく、すわっていても、板敷のすき間から冷えびえとしたものが立ちのぼってくるようであった。

屋敷のあるじ法師義朗《ぎろう》は、さきほどから自炊の朝がゆをすすりこんでいた。邸内には、ほかに人はいない。蔀戸《しとみど》のなかは暗く、すりきれた几帳《きちょう》のかげから物《もの》の怪《け》でも出そうだった。ふと箸《はし》をとめて、外を見た。義朗の庭には陽《ひ》がなく、荒涼としていた。

が、ここから見える隣屋敷の景観は、別世界をなしていた。さきごろ死んだ贈正一位源左大臣俊房《みなもとのさだいじんとしふさ》の別業《べつぎょう》なのである。庭にさまざまな落葉樹が植えこまれている所から、楓屋敷《かえでやしき》とよばれていた。

法師の荒れ屋敷とは、築地塀《ついじべい》ひとつで区切られている。塀が落ちて、隣屋敷の庭があらわにみえた。幾種類ものもみじは、それぞれ、御所染、葛城《かつらぎ》、呉服《くれは》、待宵《まつよい》、夕霧、朽葉《くちば》、松影、清滝、軒端《のきば》、小倉山《おぐらやま》、さお山、金欄《きんらん》、などという美しい名がつけられ、雲にむかって妍《けん》をきそっていた。

そのとき、不意の明るさに、法師は箸を落した。変哲もない。雲間から、陽《ひ》が射《さ》したのである。が、やがて光は紅葉の樹林を包みはじめ、多様な色彩が光を噴き、ときに金色《こんじき》を帯び、風がきらきらと音を鳴らしはじめた。法師は溜《た》め息をついた。

「仏国土とは、本当にあるのかもしれない。いや、四時《しいじ》紫金摩尼《しこんまに》の光明回旋するという仏国土が、いま降りてきたのではないか」

義朗は、醍醐《だいご》理性院《りしょういん》の賢覚僧都《そうず》について真言《しんごん》秘密の法義を学んでいる。まだ若い。なまぐさい色身《しきしん》をもち、なお仏道に疑いが多かったが、いまの瞬間だけは曼荼羅《まんだら》の世界を疑うわけにはいかなかった。

降臨した紫金摩尼の光明世界のなかで、義朗自身の体が金色を放ち、そのまま即身で成仏《じょうぶつ》しているのではないかとさえ思われた。

「空き屋敷でございますね」

突如、そんな声で義朗の夢がやぶれた。この秋の日は、鳥羽《とば》上皇の院政の御代、保《ほう》延《えん》三年十一月の半ばのことである。

「盗賊のすみかになりそうな屋敷ゆえ、こわしてもとの野原にしておけばよろしゅうございますのに」

（誰《たれ》だ）

ふらちなことをいうのは、と伸びあがって見た。

いつのまにか、破れ築地から四、五人の女房《にようぼう》装束が入りこんでいた。

「こわさねば火事になりましょう」

別の女がいった。

「ついさき、河原の土御門《つちみかど》殿が焼けたのも、隣の空き屋敷で、放免《ほうめん》どもが焚《た》き火をしていたからだそうでございますよ」

賢《さか》しらげに云《い》う。

義朗は、現実につれもどされた。

この屋敷は、もともとは、義朗の父である前《さき》ノ備中権介《びっちゅうのごんのすけ》藤原保連の建て残したものだ。

先年、京から山城《やましろ》一円にかけて得体の知れぬ熱病がはやった。壬生《みぶ》郷《ごう》などは、郷中の人が相次いで死に絶えて、軒並に空き家ができたという。菅公《かんこう》の祟《たた》りであると古い話をもちだす者があった。義朗の父保連は、任国から戻《もど》ってほどなくこの熱にとりつかれ、母、兄へと感染して相次いで死没した。

そのまま数年、空き屋敷のまま捨てておいたが、ある日、師の賢覚が義朗をよんで、

「ときおり暇をやる」

「え?」

「京の里屋敷へもどるがよい」

「お情けはありがたく存じますが、すでに俗縁の者が死に絶えてたれもおりませぬ」

「わかっている」

(はて。——)

解《げ》せぬまま自室にもどったが、あとで兄弟子の中で事情を知る者がいて教えてくれた。あの屋敷地が、すでに捨て屋敷になっているものとみて、検非違使左衛門尉《けびいしさえもんのじよう》平忠盛《たいらのただもり》という者が、院に願い出て拝領がたを運動しているという。それだけならばよい。宋《そう》との交易で利を得ている忠盛は、日頃《ひごろ》帰依《きえ》している天台の阿闍利《あじやり》のためにあの屋敷を改造して寺を寄進するという。宗派意識のつよい賢覚僧都にすれば京の市中に天台の寺院が一つふえることは、真言の流儀がそれだけ衰えるということであった。

そういう事情から、義朗は、べつに帰りたくもない空き屋敷にときどき寝泊りにもどるようになったのだが、不意の侵入者にこういう放言をされては、さすがに腹の虫がおさまりかねた。

(追おうか)

立ちあがったとき、義朗の耳に、低い声が伝わってきた。義朗は、息をとめてその声をきいた。声は、侍女たちをたしなめるように、

「そういうことを申すものではありませぬ。このお屋敷はさきの備中権介のお屋敷で、まだ生き残った方がいらっしゃるはずなのです。――たしか」

そこまできいたとき、義朗はすねをのばして立ちあがっていた。

(そうだ、あの声は、匣ノ上《くしげうえ》のお声ではないか)

匣ノ上というのは、右大臣藤原長実の姫で、得子《とくし》という。母が源左大臣俊房の娘であったために、義朗がまだこの屋敷にいるころから、ときどきとなりの楓屋敷にあそびにきていた。匣ノ上と愛称されるのは、匣の里御所《さとごしょ》でうまれたためであろう。

義朗は、姫のまだ幼いころから垣間《かいま》みて知っていた。知っているどころではない。十六歳で得度した義朗は、ほどなく僧房のなかで、兄弟子たちから、自慰の方法を教えられた。僧房の伝承ではこの事を、

「持戒の秘法である」

という。いうまでもなく仏法では女犯《にょぼん》は破戒の最大のものである。僧たちは稚児《ちご》をもてあそんだ。が、稚児に伽《とぎ》をさせるのは高位の僧にかぎられていた。末席の僧たちは自慰でみずからの煩悩《ぼんのう》を消すほかなかった。みずからの手でその肉体をけがすこと

には仏法は寛大であり、釈尊の祇園精舎《ぎおんしょうじゃ》のころからすでにその法があるとされていた。兄弟子たちは、

「女を想《おも》え」

と教える。自慰は、その想念の中の女にむかっておこなわれるのである。俗世の夫婦とおなじく、女は生涯《しょうがい》で一人を守るのがよいとされた。吉祥天女《きちじょうてんにょ》を自分の女にする者もあり、町ですれちがった物売り女を思いえがく者もあり、得度の前にまじわった肉親縁者のうちから選んで、生涯、想念の中で連れ添う僧もあった。――義朗は、少年のころ数度垣間みた藤原得子を自分の妻《め》とした。幼顔の得子の像は次第に義朗の想念のなかで成熟し、ついにある年の真夏の日、得子の肢体《したい》は完成した。

というその日は師匠の用で、教王護国寺の阿闍利《あじゃり》某を訪ねるために京へ出た。東寺と通称されるこの寺の塔が、ちょうど修築を終えたばかりであったために洛《らく》の内外から見物の男女が境内へ押しかけていた。帰路、義朗は、ようやく人波をかきわけて三門を出た。そのとき、人波がくずれて、参詣人《さんけいにん》たちが義朗の前を走りだした。

「匣ノ上じゃ。見ませ」

と口々に云いながら、駈《か》けてゆく。つられて義朗も駈けた。義朗のほとんど目と鼻のさきで青糸毛車《あおいとげ》がとまったのだ。

「おお」

義朗は、眼球から血のにじむほどに凝視した。牛がはずされ、前板の下に黒漆に金《きん》蒔絵《まきえ》でかざった榻《ふみだい》がおかれた。簾《すだれ》が高くあげられ、はなやかな色彩がこぼれた。右足が、榻へおりた。体をささえるために、白い左手が、車の屋形の袖《そで》をわずかにつかんでいた。

（おお）

義朗は、呼吸をわすれた。袖からわずかにこぼれ出ている白い手に、義朗は姫の裸《ら》形《ぎょう》のすべてを想像することができた。そのわけは云うまでもない。――姫は義朗が馴《な》れ親しんだ妻《め》であったからだ。

そののちも、人のうわさで得子のことが出れば、あまさず耳にとめた。のちに美福《びふく》門院《もんいん》の名で語り伝えられた藤原得子の美貌《びぼう》は、すでにこの当時から洛中の評判であった。

その得子が、どういう仏天の加護か、いま義朗の荒れ庭に足を踏み入れているのである。しかも、供の者の雑言をおさえ、

「わたくしは覚えています」

と云ってくれたのだ。

「たしか、醍醐理性院の賢覚上人さまのお弟子になられた義朗という方が、まだ在世でいらっしゃると聞いています」

「その義朗が――」

法師は思わず駈け出していた。

「私めでございまするわ」

身を投げ、足もとに跪《ひざまず》き、くわっと目をあげて得子をみた。しかしそこにはたれもいなかった。相変らず義朗は暗い蔀戸《しとみど》のなかに居た。そばに椀《わん》がころがっており、たべ残しの粥《かゆ》がこぼれていた。ありようは義朗の体が、動かなかったのだ。手足がぶるぶるとふるえて硬直し、体が椀のそばに貼《は》りついたまま、想念の中の義朗だけが、蔀戸をあけ、濡《ぬ》れ縁からまろび落ち、庭を這《は》い、得子の足もとに身を投げて、たけだけしく頭をあげたにすぎなかった。

現実の義朗は、むなしく板敷に伏していた。からだの内部から生温かいものが湧《わ》きはじめ、やがて膨満し、体外へ溢出《いっしゅつ》した。光明のない薄よごれた意識の中に陥《お》ちこんでゆく義朗の耳に、はなやかな笑い声が忍び入り、やがて遠ざかっていった。

義朗は、力なく蔀戸の中から庭を見た。

白い単衣《ひとえ》をかずいた中央の小柄《こがら》な女性《にょしょう》の後ろ姿こそ得子であるはずであった。

翌日、楓屋敷の雑人《ぞうにん》に訊《たず》ねてみると、得子は方違《かたたがえ》のために楓屋敷にきたのだという。当時、公卿《くぎょう》のあいだで、方忌《ほういみ》の信仰がほとんど生活の中に溶けていた。ある方角に所用があるとする。その方角が不吉とあれば、前夜他の方角へ出ていったん泊り、翌日あらためてそこから目的の場所へ出発するのだ。北隣にゆく場合もあり、知人の宅を宿にする場合もあり、ときには、見知らぬ町衆の家などに頼んで方違をすることもあった。得子は、外祖父の別業を方違の宿に選んだという。

義朗には、画才があった。師の賢覚が、他の弟子にもまして義朗を愛したのは、その画才のゆえであったろう。

この時代、真言、天台の密教は、加持祈禱《かじきとう》を本宗としていた。加持をする場合、まず祈るべき内容によって、壇にかかぐべき本尊をきめねばならない。本尊はかならず画像であり、彫像はとらなかった。しかも、法によってそのつど描きおろさねばならなかった。画像は消耗品といえたが、消耗品とはいえ、俗人の絵師の筆は禁物であった。一山のうち、画才のある弟子をえらんで描かしめた。

もとより巧拙は問わない。

ただ、秘法があった。ひとつは、余人に知られたくない秘法があるゆえに、寺院では在家の絵師の手に触れさせなかったのであろうか。――

この日、義朗は、師の僧の命で、孔雀明王《くじやくみようおう》の像を描こうとしていた。製作の部屋へは、師の僧のほか入ることを許されない。香を焚《た》き、孔雀明王の呪《じゆ》を唱えつつ、とりかからなければならなかった。

孔雀明王は、仏説では胎蔵界曼荼羅《たいぞうかいまんだら》の蘇悉地院《そしつちいん》に住み、皮膚は白く、白絵の軽衣をまとい、頭冠をかぶり、瓔珞《ようらく》をたらし、四つの腕に釧《くしろ》を巻き、金色の孔雀に乗って結跏趺坐《けつかふざ》している。密教行者が、敬愛、増益《ぞうやく》、降伏《ごうぶく》、息災を主題する加持に用いる本尊であった。

義朗は、絵具を用意した。群青《ぐんじよう》、緑青《ろくしよう》、胡粉《ごふん》、黄土、朱土、石黄、藍《あい》、岱赭《たいしや》、藤黄《しおう》、臙脂《えんじ》、金粉、銀粉の順にならべ、その横に絹布を展《の》べおわったとき、師の坊が入ってきた。

「用意はできたか」

「はい。このように」

「白瓷《はくじ》は」

「用意つかまつってございます」

義朗は、白い陶製の鉢《はち》を捧《ささ》げて賢覚の前にすすみ、その膝《ひざ》の前に置いた。

「よかろう」

賢覚は、右膝をたてて衣の前をまくり、手を臍下《せいか》に入れて、いきなり陽根をとりだした。義朗はその陽根の前に香炉をすすめ、静かに師の僧のそれを香で燻《くん》じはじめた。香煙のなかで、賢覚のそれは、萎《な》えしぼんだまま炉にむかって垂れている。不犯《ふぼん》の阿闍利である賢覚のそれは、齢《とし》のわりには色が白く、円頭はつやばみ、ほのかに血の色をみせて光っていた。

「香をさらに。――」

「はい」

つまんで、炉にくべ足した。

「後門《こうもん》を行《ぎょう》ぜよ」

「承ってござりまする」

義朗は、こうべを垂れ、膝で進み、師の坊の背後にまわって、その臀部《でんぶ》に手をさし入れて、膀肛《ほうこう》のまわりを掻《か》きはじめた。

「もっと柔《やお》う」

「はい」

「さらに強う」

「はい」

「撫《な》でよ」

「承ってござりまする」

「むせぶがごとく撫でよ」

「このようにでござりまするか」

「膵肛に指を入れよ」

「はい」

云われるまま介抱するうち、義朗のひたいに薄く汗がにじんできた。やがて師匠は、

「よい」

といった。義朗は手をとめ、再び膝をにじって賢覚の前にもどった。

香煙の中にある賢覚僧都の陽根は、すでに兀《こつ》として天を突き指していた。

「孔雀明王の呪《じゅ》を唱えよ」

それが賢覚僧都の最後の命令だった。そのあと僧都は目を閉じ、口をつぐみ、おのれの掌《てのひら》をもって陽根を摩刮《まかつ》しはじめた。

義朗はしずかに呪を唱えつづけている。部屋の中は、義朗の唱える呪と、陽根の上

を走る賢覚の掌の音のみがさやさやときこえた。

(師の僧は)

義朗は考える。

(陽根を摩刮するとき、どのような女身を想《おも》うのだろうか)

ふと、あの日、庭で見た藤原得子のかつぎの中の白い顔を想った。想ってから、あわててそれを消した。師匠のための呪を唱えながらわが妻《め》を想うことは、師匠へのけがれであろう。

(師匠なら、おそらく豊かな吉祥天女の裳《もすそ》のひだでも想うているのではあるまいか)

「呪を」

叱《しか》られた。くちずさむことをわすれたのである。やがて、師の坊の吐く息が荒くなり、肩がうごき、腕がふるえて、

「呪を大きく」

「はい」

賢覚は、突如あごを上げ、背をそらした。かと思うと、白瓷の器のなかにおびただしい精水《しょうずい》を吐きだした。

「おう、白《しろ》じゃな」

仏典のなかでは、精水は五つの色彩に分類されている。白、黄、青、赤、金がそれであった。白を最上とし、疲れたときは青味を帯び、病いのときは黄色であり、ときに赤味をおびる。仏陀《ぶつだ》の精水だけは凡夫とはちがって金色であるという。

「されば、頂戴《ちょうだい》つかまつりまする」

義朗は鉢を捧げた。この精水に卵白と膠《にかわ》を入れて攪拌《こうはん》するのだ。その液体をもって岩絵具《いわえのぐ》を溶くのである。阿闍利の精水を混入するのは、「行者の心水をもってよく仏天を感じせしめ、本尊即行者、行者即本尊の入我我入の妙観にいたらしむ」るという加持の本義にもとづくものであった。

その年の夏、一山の夏安居《げあんご》がおわってから僧房の弟子たちの休暇の日が一日あった。それぞれ、洗濯《せんたく》をしたり、山遊びをしたり、象棋《しょうぎ》に興じたりする。蘇海《そかい》という兄弟子があった。陽のさす縁がわで腹ばいになりながら下着のしらみをとっていたが、急に、

「義朗」

と話しかけてきた。

「お前の妻《め》はたれか」

「さあ、それより蘇海どののふしどには、どなたが居らせられましょう」

「あは、わしは浮気《うわき》でな」

蘇海は毛ずねを掻《か》きながら、

「ときに魚籃観音《ぎょらんかんのん》があり、ときに蓮臥《れんが》観音があり、ときに楊柳《ようりゅう》観音がある。先夜は、白衣《びゃくえ》観音を勧請《かんじょう》し奉ったわい」

「みな、よいかたばかりでありますな」

「お前はどなたじゃ」

「わたくしのは、生身《しょうじん》でござります」

「ほう」

にわかに興味をおこしたらしく、身をのりだして、

「たれじゃ。わかった。ときおり庫裡《くり》へ牛蒡《ごぼう》などをもてくるあの日野ノ里の物売りかよ」

「あれは、いこう、齢がさではありませぬか」

「そうであった。このあいだも、五十五じゃと申していた」

思案して、

「お前は受領《ずりよう》の子ゆえ、やはり御所の命婦《みようぶ》でも想うているのであろう」

「いや、匣《くしげ》ノ上《うえ》でござりまする」

「えっ」

唇《くちびる》をだらりと垂れた。まさか、右大臣の姫とは思わなかったのに相違ない。

「それは僭上《せんじよう》じゃ」

嫉妬《しっと》をおぼえたらしく、眉《まゆ》をひそめて義朗をにらみつけた。

「若僧の身で僭上であるぞ」

「かと申しても、蘇海どのの妻にはおよびませぬ。藤原の氏ノ長者の娘とはいえ、所《しよ》詮《せん》は俗世の女人であり、大慈悲の妙体にます観世音菩薩にはおよびもつかぬことでござります」

「なるほど、そうもいえる」

しばらく考えていたが、

「ところで、お前は、その匣ノ上に会うたことがあるのか」

「幼なじみでござりました」

蘇海をうらやましがらせるために、義朗は多少の誇張をまじえた。一度誇張すると、話は際限もなく尾ひれがついてゆく。義朗は自分の作り出す話に楽しくなった。それを、蘇海は目を光らせて根ほり葉ほりに訊《き》くのだ。

「するとわれは歌まで送ったのかよ。が、まさか、手までは触れまい」

「忍《しの》うで参りましたのは春の宵《よい》でござりました。すでに匣ノ上は寝ずにお待ちあそばして」

と、几帳《きちょう》のかげでおこなわれたくさぐさのことを義朗は物語った。義朗が出家をしたのは十六歳のときである。そのとき匣ノ上は九歳にすぎない。そう勘定すればうそはすぐ知れることなのだが、いまの蘇海にはそれに気づくほどの余裕はなかった。

――が、ふと、義朗は心配になった。蘇海がこれほど熱心に訊くところを見れば、ひょっとすると匣ノ上を盗《と》るつもりではあるまいか。義朗はあわてて手をふった。

「蘇海どの。それはなりませぬよ」

「なにがじゃ」

「匣ノ上は義朗ひとりの妻《め》でござります。まさかお盗みなさるおつもりではありますまいな」

「盗るものかよ」

蘇海はあわてて唇のよだれをぬぐったが、目に残った熱っぽい血の気は、十分に義朗の心配を裏書きしていた。

「おれには観世音菩薩があるでな」

「そうでございました。それほど有難《ありがた》い妻はござりますまい」

「しかし、惜しいことに観音にはお声がないわな」

「もったいないことをおおせられます。一心に観音を勧請し奉れば、玉女となって僧の夢寐《むび》に現われると申すではありませぬか」

「玉女ノ偈《げ》じゃな」

「左様でございます」

玉女ノ偈とは、僧の色欲のなやみを救うために観音が作った偈であるという。おそらく叡山か高野山の学生《がくしょう》の何者かが戯作《げさく》したものを、のちの不犯僧《ふぼんそう》たちが語り伝えたものであろう。

行者宿報設女犯
我成玉女身被犯
一生之間能荘厳
臨終引導生極楽

「行者よ」と観音が夢寐の間《かん》に僧に語りかけるのだ。「もしお前が宿報として女犯をせざるをえない身なら、いかにも可哀《かわい》そうである。私が玉女になってやる。そしてお前によって犯されてやろう。そのかわり、一生のあいだ私を荘厳《しょうごん》せよ。死に臨めば、その縁でお前を極楽に生ぜしめてやるぞ」どの時代の不犯僧もこの玉女ノ偈にすがって煩悩《ぼんのう》を解消《げしょう》してきたのだ。

「が」

蘇海は愚鈍な眉《まゆ》をひそめて悲しそうに云った。

「わしの行法の至らぬせいか、まだ観世音菩薩は玉女になり給わらぬ。やはり生身の女人がよい。義朗、もっと匣ノ上を語ってくれ」

「いやじゃ」

「なに」

腹がたったらしい。いきなり義朗の襟《えり》がみをつかみ、

「もう頼まぬ。したが、これだけは申しておく。埒《らち》もない分際で僭上であるぞ」

「なんの僭上なことがあろう。あの君は拙僧の幼なじみです」

「ばかめ、昔はおのれの幼なじみであったかもしれぬが、いまは万乗《ばんじょう》の君の女御《にょうご》であられるわ」

「えっ」

義朗が驚かねばならぬ番だった。

「ほう、知らなんだのか」

蘇海は拍子ぬけした顔をした。

「存じませなんだ。教えてくださりませ」

「お前の妻《め》のことではないか。まことに知らなんだのか」

「存じませなんだ」

泣きそうな顔になっていた。いったい、いつのまに女御になったのか。

「まだほどもない」

蘇海はいった。今上《きんじょう》ではなく、院の女御にのぼったというのである。院とは、当時、崇徳《すとく》天皇に位を譲って十四年になる鳥羽上皇であった。上皇は他に女御も多い。しかも、すでに藤原璋子《しょうし》が中宮の位にあり、おなじく藤原泰子《たいし》がわずか五年前にその寵《ちょう》によってとくに皇后の称をさえ与えられたおりでもあったが、得子の麗質をきいてことさらに入内《じゅだい》を求められたという。

（女御に。……）

心がしぼむ思いであった。おろおろと手足の置く所を知らず数日をすごした。想念の中の妻であるが、想念の中の妻であればこそ、その女人が他の男の妻になるのは堪えがたいことであった。きけば、上皇は多淫《たいん》のひとであるという。仙洞《せんとう》御所に多くの女人を擁しているというのに、なぜ不犯の僧の想念の女まで取りあげねばならないのか。その顔を義朗は、かつて御所の加持のときに、ほのかに簾をすかして見たことがあった。年を経た狐《きつね》のような顔をしていた。顔を思いうかべるたびに、暗い嫉妬《しっと》を覚えるのである。

奇妙なことに、女御の一件をきいてから、暮夜、義朗の臥床《ふしど》に得子が顕《あら》われることがすくなくなった。あらわれても、以前には瞳《ひとみ》の色まで鮮明に映じた彼女の像が、手足さえおぼろげにうかぶのみであった。うかんだところで、すぐ得子の像のむこうに狐のような顔があらわれて、無残に掻き消した。義朗は、孤閨《こけい》のなかに寝なければならなかった。時に、得子の映像を引きとめるために手で掻き足であがき、臥床を汗でぬらすことがあった。義朗は目にみえて憔悴《しょうすい》した。

（どういうことであろう）

ひとつの妙計をえた。映像を定着させるために、絵をかく以外に手はなかった。それには得子の像を菩薩像に仕立てかえてしまうことであった。

（観音がよい）

しかし、得子に似あう観音とはいかなるおん姿のものがよかろう。

観音は、観自在ともいう。救世《くせ》の大士《だいし》である。ときに女身となり、ときに童形《どうぎょう》となり、ときに夜叉《やしゃ》となり、ときに天大《てんだい》将軍の身となって変化《へんげ》する。変化に三十三相があるとされ、その相によって、たとえば遊戯《ゆげ》観音、水月観音、延命《えんみょう》観音、瑠璃《るり》観音、竜《りゅう》頭《ず》観音、一葉《いちよう》観音、葉衣《ようえ》観音、威徳観音、蛤蜊《ごうり》観音などとおん名がついていた。

得子の像にはなんとなく遊戯観音がふさわしく思い、構図をきめると、一気にかきあげた。線に筆勢がみなぎり、出来ばえに満足した。

「よい」

彩色はせず、白描《はくびょう》の像である。蓮台《れんだい》に乗り、絃器を弾じている。その夜、義朗はそれをふしどの中にもちこみ、薄暗い灯《ほ》あかりのそばでみた。手を入れてそっと陽根に触れた。

（………）

なんの情欲も起らなかった。筆勢が荒すぎたのかもしれない。

次の日は、かきあらためた。

こんどは、丹念にかいた。顔ができた。前よりもさらに似ていることに義朗自身がおどろいたほどだった。わずかに色彩を点じ、光背《こうはい》までえがいた。宝冠を重たげに左へかしげ、右肘《みぎひじ》をまげて、物憂《ものう》そうに視線を下へ落している。粉本《ふんぽん》にある遊戯観音の像にくらべ、その姿態はどことなく崩れていることに義朗は気づかなかった。

（これは……出来たわ）

夜を待ってふしどの中でひろげてみた。

（絵像に神《しん》がない）

義朗は、はっとした。神がないために姿が動かないのである。姿が動かねば、情欲が湧《わ》かないのも道理だった。

義朗はいそいで起きた。画室にもどって、筆墨をもってきた。

ふしどでかきはじめたのだ。もともと、画室でえがくべき像ではあるまい。体温でぬくもったふしどの中で描くべきであった。描きながら義朗の皮膚はほのかに汗ばみ、肉はゆるみ、筋は溶け、血は駘蕩《たいとう》としてときになまぐさく湧いた。

義朗は、薄暗い灯《ひ》の下で、のろのろと線をひいてゆく。かたちは容易にきまらない。何度か描きつぶした。

油が切れ、灯が消えた。おりよく、十三夜の月が射《さ》しこんでいた。義朗は作業をつづけた。月が雲間に入れば凝然《ぎようぜん》と目をつぶった。閉じることも楽しいことであった。まぶたの裏で得子《とくし》が、さまざまの肢体でうごくのである。とじながらも、義朗自身の気づかぬまに筆先きだけは、這《は》うように紙の上を蠕行《ぜんこう》していた。

何度か月がかくれ、月が出た。最後に月が明るく醍醐《だいご》の峰の上に出たとき、義朗は大きく目をひらいて紙の上を見た。

（あっ）

そこに、宝冠をかぶり、素肌《すはだ》に軽衣をまとった得子が、脚をひらいて趺坐《ふざ》しつつ、婉孌《えんれん》として微笑していた。唇のなかに歯までみえた。歯をぬらす唾液《だえき》まで感じとれた。描線は、前二者よりはるかにつたない。胴が長く四肢がみじかく、頸《くび》が異様に長かったが、その不均衡な稚拙さが、かえってなまなましい情念をにじみ出していた。拙劣な姿態は、なにざまにも変容した。いまにも義朗のくびに腕をからませて愛撫《あいぶ》を待とうとするがごとくであった。義朗は次第に膨満し、月の隠れとともに溢出《いつしゆつ》し、やがて月が再び枕頭《ちんとう》に落ちたときは、こころよい虚脱のなかにあった。

翌日、師の坊の部屋によばれた。

賢覚僧都は夏の真っ盛りというのに七条袈裟《けさ》をかけ、黒ずんだ唇をひきしめて、ひとり端座していた。

「義朗、大役があるぞ」

いきなり云《い》う。

そのくせ、役目のことは話さず、ただ用のみを云いつけた。

「向後《こうご》、六、七カ月かかってもよい。旅に出よ」

「いずちへでも。——が、御用はなんでござりましょうか」

「申さなんだか」

「うけたまわりませぬ」

「牛黄《ごおう》……」

「は？」

賢覚は咳《せき》をした。背をまるめ、あごをあげて咳《せ》きこみはじめた。一度しわぶくと止らないようであった。賢覚には労咳《ろうがい》がある。ながい持病だが、ことしに入って風邪をひくことが多くなったようだった。

「牛黄を求めて来《こ》う」

「牛黄ならば、内裏の典薬寮か市中の薬商のもとにござりませぬか」

「おろか」

咳をした。

「あっても、それらは肝黄《かんおう》であるわ。生黄《しょうおう》でなければならぬ」

牛黄とは、牛の病塊である。牛の角、肝臓、胆嚢《たんのう》もしくは心臓に生ずるもので、肉《にく》腫《しゅ》または癌《がん》であろうか。死牛から切りとったものを肝黄といい、殺した牛の角からとったものを角中黄《かくちゅうおう》といい、生牛から得るものを生黄という。生黄は医薬のなかでも最も高貴とされ、その一匁《もんめ》あたりの価《あた》いは、黄金に十数倍する。服用すれば、死者さえよみがえるというほどのものだ。

「生牛に牛黄があるかどうかを見わけるのがむずかしい。典薬寮の医生《いしょう》でそのことに長《た》けた者がいる。頭《かみ》には話をつけておいたゆえ、その者をともなうがよい」

咳をした。義朗は師の背をさするために背後にまわって、

「その牛黄は」

ときいた。

「薬餌《やくじ》になされるのでございまするな」

「ばかめ」

咳きこみながら、

「牛黄がこの労咳にきくかよ。牛黄加持《ごおうかじ》に用いるのじゃ」

「牛黄加持」

「知らんのか」

「浅学でござりまする」

「学んで知るものではない。口伝《くでん》がある。いずれは伝えよう。——ところで、この加持には、お前をぬきんでて筆頭承仕《しょうじ》とする」

「あ」

「うれしいか」

「かたじけのうござりまする」

承仕とは加持を執行するいわば助手にすぎないが、密教行者の最高位である阿闍利《あじゃり》に達するには経ねばならぬ業務である。その筆頭といえば、法臘《ほうろう》の若い義朗には抜擢《ばってき》の人事であった。

「して、その牛黄加持はいずれから頼まれたのでございましょう」

「仙洞《せんとう》御所である」

「御所の」

「女御《にょうご》じゃ」

「あ、もしや、匣《くしげ》ノ上《うえ》ではござりませぬか」

「よう存じている」

「師の坊」

思わず賢覚の背をつかんだ。

「あすといわず今日からでも、牛黄をさがすために旅立ちましょう」

「それがよい」

賢覚は、匣ノ上が義朗にとって玉女であるとは、むろん気づいていない。

生きた牛黄をさがすことは、予想していたよりもはるかな難事であった。まず、京の市中の牛という牛をたずね、さらに、山城《やましろ》、丹波、大和、但馬《たじま》と近国をさがしまわった。

「病んだ牛はおらぬか」

農家へ入ってきく。病んでおれば医生が牛の腹部をおさえ、心あたりのしこりがないかをたしかめるのだ。

医生秦道臣《はたのみちおみ》は地方の荘司《しょうじ》の息子で、心映えもあかるく、なによりも牛の病いに興味をもっていたから、この根気の要る仕事をすこしもいやがらなかった。

「牛黄と申すのは」

この男の癖で、鼻の頭を指先きで撥《は》ねあげながら云った。

「それをもつ牛を見つけたところで、すぐ取れるものではない。薬用にするには牛をクカンカッパクせしめねばならぬ」

「なんのことかな」

「吼喚喝迫《くかんかつぱく》」

と掌《てのひら》の上に文字を書き、

「その仕事をあなたにおねがいする。まず牛をつないでおいて、所かまわず撲《う》ち、牛をさんざんに吼《ほ》えさせ、しかるのち切り取る」

月日は容赦なく経《た》ち、ついに畿内《きない》五カ国をたずねても牛黄をもつ牛は見つからなかった。

「この上は筑紫《つくし》へ参りましょう。かの国の牛には牛黄が多いとききます」

「いず地へでも」

筑紫はおろか、あの君のためならば義朗は韓国《からくに》へでも行くつもりであった。

幸い筑紫で得た。気候風土にどういう因があるのか、この地では拍子ぬけするほど容易に得られた。大宰府《だざいふ》で一顆《いっか》、御笠川の下流で三顆、怡土《いと》で十顆を得て、京へもどったときは、すでに年を越えて二月堂の修二会《しゅにえ》もおわり、京は花を待つ季節になっていた。

醍醐《だいご》の師の住院につくと、わらじを解くのももどかしく駈《か》けあがって、

「師の坊はいずれにおじゃる」

「御寝所じゃ」

「この真昼から？」

「咳のお病いが、はかばかしゅうない」

「お悪いのか」

「あがって見舞うがよい」

部屋に入ると、賢覚は存外元気な顔色で床の上に起きあがった。

「これほどもござりました」

「ほう、ほう」

手をたたくようにしてよろこび、

「これで賢覚も、一代の誉《ほま》れの加持がつとまる」

「ほまれと申しますと？」

「准泥《じゅんでい》（観音の名）に祈って皇子《みこ》を生み奉る」

「すると」

「なんじゃ」
「はや御懐妊でござりまするか」
「そのように聴く」
「御懐妊」
「なんという顔をする」
「いや」
義朗《ぎろう》は真っ青になっていた。賢覚は気にとめず、侍僧に命じて棚《たな》から蒔絵《まきえ》の箱をおろさせた。
「これに、このたびの牛黄加持の割りがある。見ておくがよい」
阿闍利《あじゃり》賢覚僧都
とある。ついで、
承仕
と肉太に書かれ、
義朗
性空
駈使《くし》の役には、無夢、舜応《しゅんおう》、教道、宗隠、とあり、見丁《けんちょう》の役には、浄珍、善道、祐玄、と出ていた。

「加持は、つぎの白月十五日にきめられた」

牛黄加持は満月の夜にかぎるのである。

「加持の支度は、満月に先立つ十八夜前からはじめる。あすはその日にあたる。支度せよ」

賢覚はその支度すべき品々をこまごまと教えた。金、銀、真珠など五宝。人参《にんじん》、天門冬など薬物五薬。沈《じん》、白檀《びゃくだん》、丁字《ちょうじ》、鬱金《うこん》、竜脳の五香。稲、大麦、小麦、緑豆、胡《ご》麻《ま》の五穀《ごこく》をはじめ、机、壇、衣料にいたるまでおびただしい種類の品を必要とした。

「ご本尊は」

賢覚はいった。描かねばならぬ絵の画題であり、義朗が聞くべき肝腎《かんじん》のことであった。

「准泥観音である。あすからかかれ」

「お精水《しょうずい》は？」

「あす、としよう」

（大丈夫だろうか）

果して精水が採れるか。旅へ立つ前とは、人がかわるほどに痩《や》せおとろえている師の顔をみてひそかに案じた。

翌日、賢覚の侍僧が義朗をよびにきて、精水は画室でせずに床の中でするという。賢覚はそこまで衰えていた。

義朗は云われるままに師の寝所にゆき、ふしどのなかに白瓷《はくじ》の鉢を差し入れた。

「稚児《ちご》を呼びましょうか」

賢覚にも寵童《ちょうどう》がいた。稚児を招《よ》んで、それによって衰えた肉体から情念をかきたてさせようと思ったのだが、賢覚はにべもなく手を振り、

「無用よ。修法《ずほう》のさまたげになる。一念に准泥観音を祈念し奉れば、精水おのずから湧こう」

いつものとおり、義朗は師のからだを介抱し夕刻にまで至ったが、ついになんのきざしもないまま賢覚は全身に冷たい汗をかき疲労困憊《こんぱい》して、ほとんど呼吸さえくるしくなる始末だった。

「あす、つかまつりましょう」

師をなだめて寝かせて、念のために人参《にんじん》ひときれを与えた。

その翌日もむなしかった。最後の手段としてこういう場合、用いる方法があった。それは、一掬《いっきく》の般若湯《はんにゃとう》(酒)に催淫《さいいん》強精の薬草といわれる淫羊藿《いんようかく》を刻みこむのである。

それを僧のあいだでは妙尋湯といった。

「お用いになりますか」

「ああ」

無造作にうなずき、

「見丁に採りにやらせるがよい。淫羊藿なら裏山の薬師堂の東の百年松の根もとに生えている」

「早速に」

と答えた。肚《はら》の中では、賢覚ほどの古い行者になれば淫羊藿の生えている場所まで知っているものだと感心し、あるいはときどき用いているのかもしれない、とも思った。

妙尋湯を与えると、効験はあった。たちどころに賢覚は生色を帯び、みずから摩訶《まかつ》し、少量ではあるが精水を得た。

「黄《き》な色でござりまするな」

「病いには勝てぬ。准泥観音も諒《りよう》とし給《たま》わろう」

義朗はそれで顔料を溶き、准泥観音一幅を仕上げた。

加持の支度というのは存外いそがしいものだ。五宝、五薬、五香、五穀を調えるだけでも大変なのに、加持の種類によって、壇の大きさまでちがう。牛黄加持《ごおうかじ》の場合、壇は方六尺という定めがあり、一分でもまちがえば効験が減ずるといわれた。むろん、それらは加持のたびにあらたに調えねばならない。

義朗の毎日はいそがしかった。それらの多忙な法務から解放してくれるのは、就寝だけであった。疲労がかさなった。寝ることだけが楽しみだった。そこに安息があるだけではなく、得子が待っていたからだ。

毎夜、得子がきた。

妙なことだが、牛黄加持の一件をきいてからは、日をおかず寝床に得子を誘い入れなければ寝つけない習慣になった。ときには一夜に二度も誘った。もはや以前のように、得子を妻にしているという駘蕩《たいとう》としたゆとりはなくなった。現実の得子は、狐のような男に抱かれ、しかもその子をさえ宿しているという。義朗ひとりのものではないのだ。得子をよぶことを一夜でも怠《おこた》れば遠くへ消え去ってしまいそうに思えた。

遊戯《ゆげ》観音像も、あの夜かいた一枚きりではなかった。きのうの絵は、夜が改まればすでになんの情念もおこさなくなっていることを発見したのだ。毎夜の合歓のために、

明後日《あさって》はいよいよ毎夜かいた。夜を経るごとに像はすこしずつ崩れてゆき、ついに、明後日はいよいよ

牛黄加持がはじまるという十六夜目に、義朗のえがいた紙幅の上には遊戯観音は存在していなかった。

そこに、ただ女がいた。宝冠は落ち、肌に軽衣をさえまとわず、蓮台《れんだい》の上に脚をまげ、両腕で天を抱いている奇怪な絵だけがあった。

そのくせ、義朗の観音を欣求《ごんぐ》する敬虔《けいけん》な気持にはかわりがなく、合歓を終えて得子の幻影がかき消えると、

「念彼観音力、釈然得解脱、呪詛諸毒素、所欲害身者……」

幾くだりかの観音経を誦《ず》するのが常であった。習慣というだけではなく、諸願をすべて聴きとどけるという経文は、合歓のあと濁ったなにかを澄んだこころよいものに昇華してくれるふしぎな働きがあるようであった。

「いよいよ、あすじゃな」

師の坊がいった。

「はい。御所へ参るのでございますな」

「御所ではない。申さなんだか」

「承っておりませぬ」

「お里の右大臣邸でおこなわれることになった」

もともと、女御は御所において修法することのできない定めであったが、匣ノ上《くしげうえ》のばあい、押して壇を御所に設けることになっていた。それほど、院の寵愛が深かった。ところが、古法を破って宮中で女御が修法をしたのは、人皇六十五代の花山帝《かざん》のときの帝の寵姫弘徽殿《ちょうきこきでん》ノ女御の場合が唯一《ゆいいつ》の例となっており、そのためあとで後宮が混乱した。悪例を繰り返さずということで、こんどは常例により、里の藤原邸で行うことになったという。

「あの……」

「なにかな」

「まさか、直修法《じきずほう》ではござりますまいな」

「おうさ。直修法よ」

「ああ」

「いかがした」

「なんでもござりませぬ」

普通の場合、加持を受ける者をその場に居らしめることはすくない、直修法とは、匣ノ上自身が祈禱《きとう》室に身を置くことだった。

（生き身の得子を拝める。……）

わッとその場でおどりあがりたいような衝動に駆られたが、賢覚の前ではそうもならず、かろうじて口を抑えて引きさがった。

――いよいよ加持の当日になった。

当日、朝から賢覚僧都の病状が思わしくなかった。咳《せき》がしきりと出、ときに痰《たん》に血がにじんだ。弟子たちが案じて、他の阿闍利に代行をたのむようにすすめたが、

「おろかなことを」

と真顔で叱《しか》った。

「天台は知らず、真言では賢覚のほかにたれが牛黄加持の秘法を伝えているか」

右大臣家の一室に加持の壇が設けられた。四基の燈明《とうみよう》台に灯《ひ》を点じ、脇机《わきづくえ》二前《ぜん》、礼版一脚を置き、香を燻《くす》べ、賢覚僧都みずからの手で、おのが精水をもって描かれた准泥観音の画像一幅をかかげおわると、ようやくにして加持の支度は成った。

准泥観音は準胝とも書く。形像は黄白色を呈し、腰に白衣をつけ、三眼十八臂《ぴ》あり、第一の手は説法相、第二の手は施無畏《せむい》の印、第三は剣、ついで数珠《じゅず》、斧《ふ》、鉤《こう》、金剛杵《こんごうしょ》、如意宝幢《にょいほうどう》、蓮草、索、輪、螺《ら》、瓶《びょう》、などを持って蓮華《れんげ》上に座し、この菩薩を念ずる者は、児《こ》を得るという。

「モシ女人アリ」

と、経典は観音の功力《くりき》を説くのだ。

「男児ヲ求メント欲スレバ、礼拝供養セヨ。スナワチ福徳智慧《ちえ》ノ男ヲ生マシメン」

女児を生もうとすれば女児、男児を生もうとすれば男児を得ることができるというのだ。

「タダ、カノ観音力《りき》ヲ念ゼヨ」

経典は説く。香煙のなかで、賢覚はその観音経を誦《ず》し、義朗らが和して初夜がすぎた。二夜も滞りなくすぎた。三夜、四夜がすぎ、結願《けちがん》の夜の夜半、ついにその瞬間がきた。匣ノ上が、承仕性空に導かれ、香煙と声明《しょうみょう》梵唄《ぼんばい》の声の満ちた加持の室に入ってきたのである。義朗の背後にすわった。義朗は、自分の背後に匣ノ上がいることを気配で感じたが、壇にむかって経を誦しつづけているかれにはふりむく自由がなかった。かれは心中でよびかけた。

(わが妻《め》よ)

香煙のなかで、女御の匂《にお》いをするどく嗅《か》ぎわけることができた。むろん、女御の生身《しょうじん》の匂いを嗅いだことはない。が、いま香煙のなかにまじるその匂いは、ひそかに馴《な》れ親しんできた暮夜の匂いと、ふしぎなほどに一致していた。

義朗は、いちだんと経をよむ声をあげた。夫《つま》義朗がここにいることを報《しら》せるときの声に似ていた。

師の坊が、急に読経《どきよう》をやめてふりむいた。

「義朗よ」

背に気をとられている義朗には聞えなかった。

「義朗」

はじめて返事をして師匠をみた。その顔が死人のように蒼《あお》いのにおどろいた。

「いかがなされました」

「しばらく」

賢覚は立ちあがって襖《ふすま》にむかって歩きだした。筆頭承仕義朗のみがそれにつづいた。立ちあがったとき、すばやく匣ノ上のほうを盗みみた。女御は、顔を伏せていた。中啓をもち、頰《ほお》を覆《おお》い、義朗の角度からはほのかに手がみえるだけで女御の貌《かお》をみることができなかった。

義朗は失望した。念ずるような心中の声をもって、

（夫《つま》義朗が、これにおりまするぞ）

呼びかけてみた。むろん女御の耳にはいささかも聞えない。別室に入ると、師の坊

は義朗に用意の牛黄粉末を出させ、みずからは陽根をとりだして、

「摩訶《まかつ》すべし」

といった。義朗はおどろき、

「お精水《しょうずい》をとるのでござりますか」

「精水を以《もつ》て牛黄を溶く。入我我入の秘法じゃ。摩訶せよ」

極度に衰弱していた賢覚は、わが手で摩訶する力をすでになくしていた。義朗は、両掌《りょうて》で師の陽根をいただいてしずかに行《ぎょう》じはじめたが、半刻《はんとき》を過ぎるもついに効験がなく、師の相貌《そうぼう》のみがいよいよ蒼くなった。

「義朗」

かろうじて起きあがった。

「もうよい。わが胎中にはすでに精水が枯れはてたのであろう。——やむをえぬ。菩薩も意を汲《く》み給《たま》おう。義朗よ、おのれみずから行ぜよ」

「わたくしが?」

「摩訶せよ」

やむをえなかった。義朗は支度をし、法衣のなかでそのものに触れ、准泥観音を念じつつ懸命に摩訶し、やがて白瓷《はくじ》の鉢《はち》におびただしい精水を得た。

「溶くがよい」

牛黄を混入した。攪拌《こうはん》するうちに、黄味がかった褐色《かっしょく》のぶきみな粘液ができあがった。賢覚はその鉢を諷経《ふうぎょう》しつつ受けとると、経をやめて、低い声でいった。

「口伝《くでん》じゃ。教える。牛黄加持は、百八たびの呪《じゅ》を唱えつつこれを塗る」

「いずれへ？」

——問うまでもない。半刻ののち、匣ノ上は壇の前に仰臥《ぎょうが》し、股間《こかん》を犠牲《いけにえ》のごとく准泥《じゅんでい》観音像にむかって開披《かいひ》し、うしろに拝跪《はいき》した阿闍利賢覚が産門の周囲に指をめぐらせて、一呪を唱うるごとに一指をもって塗了しつつあった。

「義朗」

義朗は、すでに血が逆流し、のどが涸《か》れ、耳に鼓動がひびいて聾《ろう》するばかりであった。

「義朗、聞えぬか」

「うけたまわっておりまする」

「義朗」

「おんそばに」

「呪を唱えよ」

見ると、賢覚は女御のあしもとに臥《ふ》し、肩で息づき、血を吐いて倒れていたのだ。

「義朗、わが行法を助けよ」

あわてて呪を引き継ぎ、鉢をとって指に牛黄を受け、塗布すべき加持の場所をみた。あきらかにそれを見た。が、ながくそれを見ることはできなかった。義朗の意識がにわかに昏《くら》くなったからだ。

「義朗、呪を引き継いだか」

「う……」

「義朗、聞えたか」

「は、はい」

義朗は、魘《おそ》われた者のように准泥観音の呪を夢中で唱えはじめた。

「唵左《おんさ》隷祖《れいそ》隷准泥莎嚩《れいじゅんでいそわ》訶《か》・唵左隷祖隷准泥莎嚩訶・唵左隷」

唱え、かつ塗り、さらに唱えかつ塗るうちに義朗の意識はふたたび昏くなり、やがて彩雲の上を踏むような気持にのめり入りつつ、のどだけはひとり慄《ふる》えて、

「唵左隷祖隷准泥莎嚩訶・唵左隷祖隷准泥莎嚩訶・唵左隷」

そこにすでに生身の女御はいなかった。義朗はその股間とともに彩雲に乗り、回旋する紫金摩尼《しこんまに》の光をあびて、夜ごとのあの遊戯《ゆげ》観音とともに天界に踊躍《ゆやく》した。

加持は成就した。牛黄加持によって、保延《ほうえん》五年五月匣ノ上のちの美福門院を母に、体仁《なりひと》親王が出生したからである。八月はやくも太子に立った。さらに永治元年、門院の嘆願が奏効して崇徳《すとく》帝を廃し、わずか三歳で帝位についた。人皇七十六代の近衛《このえ》天皇がそれであった。このため政情がみだれ、のちに保元《ほうげん》ノ乱をおこす因をつくったが、むろんそこまでは、賢覚および義朗、さらに准泥観音の責《せめ》ではなかったろう。

この加持の功により僧都《そうず》賢覚が越階《おつかい》して一躍権僧正《ごんのそうじよう》に任ぜられた。

美福門院はその後准三宮となり、御子近衛帝の即位とともに皇后に宣下され、永暦《えいりやく》元年十一月二十三日、四十四歳で没した。その生前の美しさは、灰から得た遺骨まで瑠璃色《るりいろ》を呈していたと伝えられたことだけでも知れる。が、義朗は、ふたたび皇后と会うことがなかったに相違ない。この僧はのち僧都まで進み、醍醐寺《だいごじ》の一院で不犯の生涯《しようがい》を終えた。

（「別冊文藝春秋」昭和三十五年秋）

解　説

——君子が怪力乱神を語るとき

山《やま》崎《ざき》正《まさ》和《かず》

「怪力乱神を語らず」というのは、古人の説く、君子たる者の心得である。そして、すでに多くの人が指摘しているように、司馬遼太郎《しばりようたろう》氏の文学の主流をなすものは、その意味において、君子の文学だといえる。

司馬氏の主題は、いつも歴史を動かした人間の姿であるから、当然、そのなかには世にいわゆる英雄豪傑の物語も少なくない。けれども、『竜馬《りようま》がゆく』の坂本竜馬にしても、『燃えよ剣』の土方歳三《ひじかたとしぞう》にしても、『花神』の大村益次郎《おおむらますじろう》や『峠』の河井継之助《かわいつぐのすけ》にしても、さらには秋山真之《あきやまさねゆき》や西郷隆盛《さいごうたかもり》や豊臣秀吉《とよとみひでよし》にいたるまで、古今の英傑は、この作者の手にかかるとたちまち超人的な怪物ではなくなってしまう。それぞれに特別の才能や資質を持ちながらも、彼らはわれわれにも読み取れる表情を浮べ、われわれにもただちにわかる言葉を口にして舞台に現われるのである。

もちろん、そうはいっても、司馬氏の作品は俗流の偶像破壊趣味や、かつて流行を見た浅薄な「裏返し史観」とは、およそ無縁のものである。そうした俗流の合理主義は、根本のところに人間にたいする見くびりを秘めていて、いかなる天才聖賢も、所詮《しよせん》は弱い人間にすぎないということを証明して見せようとする。そうすることによって、じつはそれが侮辱しているのは歴史上の英雄ではなく、むしろ、弱いことが本態だと見なされた人間一般の方だというべきだろう。

これにたいして、司馬文学の読後感がいつも爽《さわ》やかであるのは、氏の作品のなかに、人間についてのそうした見くびりがいささかも含まれていないからであろう。氏の目には、人間はすべて普通の人間に見えているが、氏は、その普通の人間というものについてたかをくくらないのである。この作者は、およそ人間が弱いものだとも信じていないし、弱くあることが許されているとも信じていない。大村益次郎や土方歳三は、われわれの隣人と同じような顔をしているが、これを裏返せば、われわれ自身もまた彼らと同じく、いついかなる偶然によって、あるいは歴史の修羅場《しゆらじよう》で、あたかも英雄のように振舞わねばならないかもしれない、ということを意味している。歴史上の人間を見る司馬氏の目はおおむね暖かいが、現代を生きる人間については、いっそ厳しいといった方がよいのである。

それにしても、超人でも怪物でもない普通の人間が、にもかかわらず、弱くあることを許されず歴史を生きるというのは、つらいことである。

歴史のできごとに繰返しはないし、人の一生の長さには限りがある。そのなかで、しかも困ったことに、人間は時と所を選び、何かをするための決意ということをしなければならない。能力が大きかろうと小さかろうと、また、そのときどきの立場が有利であろうと不利であろうと、それなりに人は次の人生の一歩を選ばなければならない。そして、私たちは、その結果として招いた不幸に苦しむばかりでなく、それがいく分かは、自分自身の手で招いた不幸だという思いに、ほぞを嚙《か》むのである。

さらに恐ろしいことに、歴史は残酷な裏切者であって、しばしばもっとも良心的に決意する者に罠《わな》をかける。時代はひとつずつ違った倫理と価値観を持っていて、それに忠実な人間の足をすくったり、彼の誠実な心の痛みをあざ笑ったりする。ある時代に英雄的に戦った人間が後にはたんなる人殺しになり、命がけで守った信仰が、時代が変るとただの迷信にすぎなかったとわかることも多い。自然のなかで、苛酷《かこく》な条件のもとに生きている動物にも苦しみはあろうが、歴史のなかに生きる人間には、それに加えていわば二重の苦痛が待ち受けているといえる。

そういう人間の姿を暖かい目で眺め、彼らの内側にはいりこみながら、同時にその末路まで見届ける歴史小説の仕事もまた、たぶん気楽な営みではないだろう。場違いの時代に生れあわせて、場違いの決意に命を捧《ささ》げ、やがてその努力が無意味になって行くさまを見ることは、あるいは、その当人以上の辛《つら》さを味わう仕事であるかもしれない。かりに、幸運にも当人の努力が酬《むく》われる場合にしても、後世の作家の目には、その成功に較《くら》べて犠牲があまりにも大きかったり、成功の価値が時間とともに小さくなって行く事実が、見えて来ざるを得ないのである。

「そんな視点の物理的高さを、私はこのんでいる。つまり、一人の人間をみるとき、私は階段をのぼって行って屋上へ出、その上からあらためてのぞきこんでその人を見る。おなじ水平面上でその人を見るより、別なおもしろさがある。

もったいぶったいい方をしているようだが、要するに『完結した人生』をみることがおもしろいということだ」（『私の小説作法』）

司馬氏は、徹底して自己劇化を排する人であるから、これを「おもしろい」というのであるが、あれほど他人の内面の見える作家にとって、この仕事はおそらくいつも「おもしろい」ばかりではあるまい。「完結した人生」は、誰《だれ》にとってもけっして他人ごとではなく、繰返しその辛さを眺めているうちに、いつしか自分自身の人生が、歴史のなかで相対化されて行く姿も見えて来るにちがいないからである。

そして、想像するに、その辛さがときに耐え難《がた》く嵩《こう》じたとき、この作家はふらりと、歴史の支配する世界の外側へ歩み出ようとするのかもしれない。しかし、それが感傷的な自然の世界でもなく、私小説的な日常の世界でもなく、なおかつ歴史の影を濃く帯びた修羅物の世界であることは、興味深い。この作家はどうやらそういうときに、異形《いぎょう》異能の人の活躍する、「怪力乱神」の世界を描こうとするらしいのである。

この心の動きが、ほとんど図式的な明瞭《めいりょう》さで現われている作品として、たとえば短編『朱盗』を挙げることができる。

主人公、大宰府《だざいふ》の少弐藤原広嗣《しょうにふじわらのひろつぐ》は、いうまでもなく歴史に生きる人間であるが、それがあらゆる人間的な弱点を剥《む》き出しにして時代に反抗を試み、後世から見れば場違いの決意に到達した瞬間に、ひとりの異形の人物に逢《あ》う。穴蛙《あなかわず》と呼ばれるこの男は、百済《くだら》の遺民の子孫で大宰府城外の谷間に住み、父祖三代の事業として、貴人の墳墓の盗掘に従事している。一代目の祖父は五丈を掘って死に、父は四十年かかって八十丈を掘って死に、その後をついだ彼はこの二十年間にようやく四十丈余りを掘った。しかし、めざす墳墓はまだ岡《おか》ふたつと野をひとつ越えたかなたにあり、穴蛙は自分が死んだ後に、さらに息子が生涯《しょうがい》をかけて掘りついで行くことを期待している。

この男は明らかに個人の人生ではなく、それを越えた種属の生命を生きており、そのことによって、一面的な歴史の時間の埒外《らちがい》に生きている。彼には個人としての欲望も、嫉妬《しっと》や怨恨《えんこん》の感情もなく、自分の妻を目の前で広嗣に犯されても動じる様子がない。この男の目には歴史的な事件すら過去の繰返しに見えるのであり、しだいにそれに感化された広嗣にも、大宰府城の攻防が百済の扶余《ふよ》城の敗戦と重なって見えて来る。やがて、叛乱《はんらん》に敗れた広嗣はもう一度この男に会い、自分が歴史のなかで敗れたばかりでなく、自分の歴史的な生き方そのものが、彼の超歴史的な生き方に敗れたことを知るのである。

また、同じく短編『果心居士《かしんこじ》の幻術』や『飛び加藤』の場合、主人公は一種の超能力の持ち主であるが、それ以上に、歴史にかかわる通常の野心を欠如している、という意味において異形の人物である。彼らは、忍者として、あるいは婆羅門《ばらもん》の幻術家として超人的な力を持っているが、むしろそれゆえに、近世初期の日本においては武将として成功する道をふさがれている。ふたりはともに、信条や政治戦略には無縁であって、それらを備えた武将のもとで、純粋な技術者として働くほかはない。しかも、超能力の持ち主には営々たる努力の必要もなく、要するに、彼らは人生のことにあたって、通常の決意をする必要がないのである。

広嗣における穴蛙とは違って、しかし、彼らはひとりで生きることはできない。たとえば果心居士はまず松永弾正《まつながだんじょう》の胸中に住み、ついで、それを滅ぼした筒井順慶の心を借りて住み家とした。弾正も順慶も、政治的な野心とそれを裏返した不安の典型であり、去就の決意をめぐって、それぞれ極端な動揺を示したことで歴史に知られている。果心居士は、みずからこの人間的なものを欠いているがゆえに、彼らに惹《ひ》かれるのであり、彼らの心を動かして、自分自身の歴史的な決意の代用に供しているといえる。

いわば、穴蛙は心の満ちたりた果心居士であり、逆に、果心居士はどこか心に飢えを覚えた穴蛙だといってもよい。歴史の外に生きることは、人間に限りない平安をもたらしはするが、まさにそのことのゆえに、やり場のない空虚感をもたらしもする。目の前で妻を犯されることにも平然とし得る人間でなければ、やはり個人の人生と、時代の価値観を完全に超越して生きることは難かしい。果心居士はしだいに歴史に深入りをして、あたかもみずから政略家のように振舞い、ついに最大の野心家秀吉にあいまみえたところで、術破れて殺されてしまう。秀吉の招きを受けて、それを承諾した果心の心理は作中に描かれていないが、ここにはたぶん、この男のもっとも劇的な瞬間が秘められていたはずである。

そう考えると、穴蛙と果心居士はまことに象徴的な一対をなして、じつは歴史小説家というものの心の矛盾を表現している、と見ることができる。本来、文筆の世界に生きて、歴史を動かすことは断念しながら、にもかかわらず、彼は歴史的な決意そのものの体験を断念することはできない。彼は坂本竜馬や土方歳三や河井継之助の心に住みつき、その内側に生きて、ともに疲れきるまで行動して見ようとする。そして、この共感が本物であればあるほど、彼はあたかも藤原広嗣のように不安になり、その渦中《かちゅう》で、ふと狐《きつね》が落ちたように本来の自分に返ることになる。

その瞬間、彼は、穴蛙のように幅広い背中をいっさいの現実的なものに向け、両手の爪《つめ》で土を掘るような気力で、底なしの言葉の世界を掘り返している。それはこの千年、人間がつぎつぎに引継ぎながら、明瞭《めいりょう》な進歩の物差もなく、行きつく先といえば無限のかなたに消える幻の世界である。それは、彼が描く武人や王者や革命家や大商人の目には児戯に等しい徒労にも見えるが、少なくとも彼はこの仕事にたずさわっているかぎり、やがて次の空虚感の瞬間までは、暫《しばら》く深い平安を味わうことができるのである。

（昭和五十二年八月、劇作家）

この作品集は昭和三十六年四月新潮社より刊行された。

「司馬遼太郎記念館」への招待

司馬遼太郎記念館は自宅と隣接地に建てられた安藤忠雄氏設計の建物で構成されている。広さは、約2300平方メートル。2001年11月に開館した。

数々の作品が生まれた自宅の書斎、四季の変化を見せる雑木林風の自宅の庭、高さ11メートル、地下1階から地上2階までの三層吹き抜けの壁面に、資料本や自著本など2万余冊が収納されている大書架、……などから一人の作家の精神を感じ取っていただく構成になっている。展示中心の見る記念館というより、感じる記念館ということを意図した。この空間で、わずかでもいい、ゆとりの時間をもっていただき、来館者ご自身が思い思いにしばし考える時間をもっていただきたい、という願いを込めている。（館長　上村洋行）

利用案内

所在地　大阪府東大阪市下小阪3丁目11番18号　〒577-0803
TEL　06-6726-3860，06-6726-3859（友の会）
HP　http://www.shibazaidan.or.jp
開館時間　10:00～17:00（入館受付は16:30まで）
休館日　毎週月曜日（祝日・振替休日の場合は翌日が休館）
特別資料整理期間（9/1～10）、年末・年始（12/28～1/4）
※その他臨時に休館することがあります。

入館料

	一般	団体
大人	500円	400円
高・中学生	300円	240円
小学生	200円	160円

※団体は20名以上
※障害者手帳を持参の方は無料

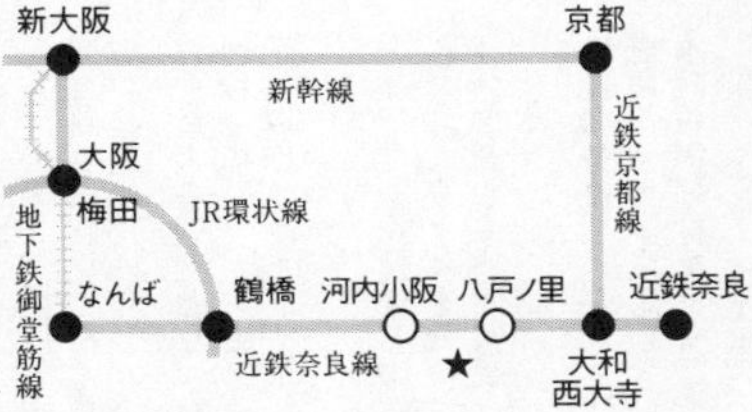

アクセス　近鉄奈良線「河内小阪駅」下車、徒歩12分。「八戸ノ里駅」下車、徒歩8分。
Ⓟ5台　大型バスは近くに無料一時駐車場あり。但し事前にご連絡ください。

記念館友の会　ご案内

友の会は司馬作品を愛し、記念館を支えてくださる会員の皆さんとのコミュニケーションの場です。会員になると、会誌「遼」（年4回発行）をお届けします。また、講演会、交流会、ツアーなど、館の行事に会員価格で参加できるなどの特典があります。

年会費　一般会員3000円　サポート会員1万円　企業サポート会員5万円
お申し込み、お問い合わせは友の会事務局まで
TEL 06-6726-3859　FAX 06-6726-3856

新潮文庫最新刊

加藤シゲアキ著
オルタネート
吉川英治文学新人賞受賞

料理コンテストに挑む蓉《いるる》、高校中退の尚志《なおし》、SNSで運命の人を探す凪津《なづ》。高校生限定のアプリ「オルタネート」が繋ぐ三人の青春。

住野よる著
この気持ちもいつか忘れる

毎日が退屈だ。そんな俺の前に、謎の少女チカが現れる。彼女は何者だ？　ひりつく思いと切なさに胸を締め付けられる傑作恋愛長編。

町田そのこ著
ぎょらん

人が死ぬ瞬間に生み出す赤い珠「ぎょらん」。噛み潰せば死者の最期の想いがわかるというが。傷ついた魂の再生を描く7つの連作集。

小川糸著
とわの庭

帰らぬ母を待つ盲目の女の子とわは、壮絶な孤独の闇を抜け、自分の人生を歩き出す。涙と生きる力が溢れ出す、感動の長編小説。

重松清著
おくることば

中学校入学式までの忘れられない日々を描く「反抗期」など、〝作家〟であり〝せんせい〟である著者から、今を生きる君たちにおくる6篇。

早見俊著
ふたりの本多
―家康を支えた忠勝と正信―

武の本多忠勝、智の本多正信。家康の天下取りに貢献した、対照的なふたりの男を通して、徳川家の伸長を描く、書下ろし歴史小説。

果心居士《かしんこじ》の幻術《げんじゅつ》

新潮文庫　し－9－23

昭和五十二年十月三十日　発行
平成二十一年十一月十日　六十五刷改版
令和　五　年七月十五日　七十二刷

著者　司《し》馬《ば》遼《りよう》太《た》郎《ろう》

発行者　佐藤隆信

発行所　株式会社　新潮社

郵便番号　一六二―八七一一
東京都新宿区矢来町七一
電話　編集部（〇三）三二六六―五四四〇
　　　読者係（〇三）三二六六―五一一一
https://www.shinchosha.co.jp

価格はカバーに表示してあります。

乱丁・落丁本は、ご面倒ですが小社読者係宛ご送付ください。送料小社負担にてお取替えいたします。

印刷・株式会社光邦　製本・株式会社植木製本所

ISBN978-4-10-115223-3 C0193